VIDAS DE NOVELA Y CINE

CLUB INTERNACIONAL DEL LIBRO

Prólogo, diseño y maquetación:
Equipo Editorial CIL

Avda. de Manoteras, 50
28050 Madrid

ISBN: 978-84-407-3205-7 (O.C.)
ISBN: 978-84-407-3208-8
Depósito legal: M-16926-2023

014300721

Impreso en España por: Grafo. Vizcaya
Printed in Spain

Abate Prévost

Manon Lescaut

Abate Prévost

PRÓLOGO

La historia del caballero Des Grieux y de Manon Lescaut, publicada en 1731, es una especie de montaña rusa de sentimientos acicalada con una vibrante acción que no deja impasible al lector y mantiene el interés hasta la última página. La tormentosa relación de sus protagonistas provoca el suspense continuo y los momentos más intensos dejan sin respiración. Todo ello sin grandes ampulosidades verbales y con una capacidad de síntesis encomiable.

La novela –que vio la luz por primera vez en Holanda– formaba parte de una obra de 7 volúmenes titulada *Memorias y Aventuras de un hombre de calidad retirado del mundo* y causó gran conmoción en la época, llegando incluso a ser censurada en dos ocasiones. Pronto la entidad del relato alcanzó tal magnitud que desbordó su matriz y se independizó de ella. En 1753 el propio autor realizó una nueva edición revisada y ampliada con un relato que antecede a la segunda parte (el episodio del Príncipe italiano). La historia ha sido objeto de muchas ediciones –populares y lujosas– así como numerosas traducciones y adaptaciones al teatro, a la ópera (*Massenet* en 1884 y Puccini en 1893), al cine, al ballet y a la televisión.

Desde el minuto uno el lector percibe el apasionado amor que sienten sus protagonistas y cómo éste llega a convertirse en un protagonista más del relato. Se le confiere un valor propio, autónomo, y se le asigna una fuerza sobrehumana que arrasa voluntades y puede con todo. Es el amo del destino y origen de las desgracias de los personajes. Virtud y vicio, pasión y dolor, un contraste continuo de buenos sentimientos y malas acciones.

Como escribe Prévost, *«el amor es más fuerte que la abundancia, más fuerte que los tesoros y las riquezas»*.

La agitada vida del Abate Prévost

Antoine François Prévost d'Exiles, nació en Hesdin el día 1 de abril de 1697 en el seno de una familia acomodada (su padre era el Procurador del Rey). Llevó una vida desordenada caracterizada por las idas y venidas del convento al ejército fruto de su indefinición existencial y carácter indómito.

Estudió con los jesuitas primero en Hesdin y después en la universidad de La Flèche, pero siendo aún adolescente abandonó el convento y se alistó en el ejército en 1711. Poco duró su aventura militar aunque volverá al ejército años más tarde como oficial después de haber ingresado como novicio en la Orden. Fue nombrado sacerdote y ejerció como predicador. Como decía Jules Junin: «Hubiera querido ser a la vez un santo ermitaño y un amoroso capitán». Pero la vida mística no calmaba la inquietud que su espíritu aventurero demandaba ni tampoco la disciplina de la Escuela Militar casaba con su inestable carácter. Así pues, viajó a Holanda y a Inglaterra –donde abrazó temporalmente su religión– pero sus desmanes financieros y azarosas aventuras sentimentales le hicieron regresar a la patria y reconciliarse con el catolicismo. En 1726 ingresó en la orden benedictina y durante una temporada se dedicó al estudio de la teología y a la enseñanza, pues ante todo era un hombre de letras con gran capacidad de trabajo y amplia cultura. Colaboró en la obra *Gallia Christiana.*

Sus romances más sonados

Hombre apasionado e inestable, llevó una agitada vida amorosa fuera de los muros del convento. En Inglaterra mantuvo un idilio con Mary Eyles, hija de un adinerado y poderoso parlamentario, que terminó con su huida a La Haya. También tuvo que escapar de Holanda, donde tuvo una amante llamada Lenki Eckhard, que recuerda en algunos aspectos a

Manon, aunque queda al margen pensar que fuera la inspiradora del personaje puesto que cuando la conoce el autor ya ha escrito su novela. Tal vez se puede vislumbrar su influjo en el personaje de Fanny, de la cuarta parte de *Cleveland* publicada en julio de 1733. En palabras de un contemporáneo, la joven era una auténtica sanguijuela. También escapa de Holanda acorralado por las deudas.

La última etapa

De vuelta a París ocupó un cargo en la Abadía de la Croix Saint-Leufroy y después, el Príncipe de Conti, le nombró su capellán. Se le acusó de colaborar en la redacción de un escrito incendiario que atacaba a la monarquía por lo que tiene que abandonar su patria. Recaló en Bélgica y Alemania durante un año y luego regresó para no salir más.

Pasó sus últimos años en Chantilly, sumido en el estudio y en la escritura. Murió en Saint-Firmin, el día 29 de noviembre de 1763 pero la forma de su muerte fue un tanto novelesca: paseando por un bosque cercano, sufrió un ataque de apoplejía y cayó al suelo. Creyéndolo muerto, se dispusieron a hacerle la autopsia y, en ese momento, recuperó el conocimiento para morir inmediatamente después.

La historia de Manon

Contextualización

La novela se ambienta en el París posterior al reinado de Luis XIV, donde la sociedad se ha liberado y las costumbres se han relajado. El gusto por la vida fácil, el lujo y la frivolidad están a la orden del día entre las clases pudientes mientras el pueblo se hunde en la miseria. El europeísmo de los intelectuales de la época se hace patente también en Prévost que ha viajado por Europa. En concreto su viaje a Inglaterra influyó profundamente en su formación cultural.

El autor inauguró con su obra un tipo de personaje, romántico por excelencia, que seguirá siendo perfilado por autores posteriores como Rousseau, Flaubert, Stendhal o Dostoievsky.

Sus coetáneos no fueron impasibles a su obra. Beaumarchais, tras elogiar las 6 primeras partes de *Memorias y aventuras...*, sentencia que la *Historia de Des Grieux y Manon Lescaut* y merece ser tratada aparte. En junio de 1733 la obra se presenta independientemente y el *Periódico de la Corte y Villa* dice que es un libro escrito con mucho arte y de una manera tan interesante que incluso la gente honesta se enternece a favor de una estafadora y una ramera. Voltaire fue seducido por la historia, Marais discrepó, Montesquieu insistió en la historia de amor y Rousseau la elogió.

Una segunda generación de críticos, Palissot en su *Necrologe* hace una reseña interesante sobre el carácter incendiario que tienen en ocasiones los sentimientos y elogia el genio de su autor y el lenguaje de las pasiones. También Sade alude a la obra «¡Cuántas lágrimas derramadas leyendo esta deliciosa obra! ¡Cómo está pintada en ella la naturaleza, cómo mantiene el interés y cómo aumenta por grados, cuántas dificultades vencidas! (...)».

En el siglo XIX lo que pervive de la novela es el personaje de Manon que adquiere tintes míticos y acaba identificándose con la mujer eterna. Destaca el homenaje de Musset en *Namouna*. Ya en el siglo XX Jean Cocteau aseguró la inmortalidad del personaje de Manon que se había reflejado en las obras Alejandro Dumas (hijo), Maupassant, Anatole France o André Gide.

La eternidad de un personaje

La historia no es una novela romántica al estilo clásico ya que el patetismo que provoca la tormentosa relación de los protagonistas no cede en ningún momento. También subyace un punto de reflexión acerca de la sociedad de la época. Pero la fuerza primordial recae en el personaje femenino. La alocada Manon provoca lástima a pesar de su conducta irresponsable y dañina. El caballero Des Grieux suscita compasión. Su fiel amigo Tiberge encarna los valores más positivos (bondad, generosidad, amistad sincera.) El padre es el contrapunto de la historia que trata de hacer imperar la cordura en medio de la tempestad pasional. Sentimientos humanos todos pero muy dispares.

Muchos autores han intentado descubrir a la verdadera Manon pero la tarea ha fracasado. En una edición que se publicó en 1879, Lescure intentó sin éxito identificar a todos los personajes secundarios. En 1905 Léo Mouton identificó al Príncipe R como François Rakoczi, príncipe de Transilvania. Philippe Heinrich contribuyó a ubicar cronológicamente la acción, al fijar en 1720 las deportaciones a "Mississipi" en condiciones parejas a las descritas por Prévost.

Sin embargo los intentos de identificar a Manon o a Des Grieux con personajes reales han sido fallidos. Ninguna de las tesis expuestas por diferentes críticos (Marc de Villiers, Edouard Gachot, M. Lernet-Holenia, etc.) han conseguido convencer por sus inexactitudes. Los acontecimientos personales vividos por el autor, tanto en Francia como en La Haya o Inglaterra han espoleado a muchos estudiosos de la obra de Prévost a buscar nexos autobiográficos en su historia, aunque se podría concluir afirmando que los hechos narrados en esta novela son consecuencia de la agitada vida sentimental del autor en general y no de ninguna relación en concreto.

Al margen de las fuentes de inspiración autobiográfica cabe reseñar las de inspiración literaria. En este sentido jugó un papel decisivo la novela de Robert Challe *Les Illustres Françaises,* publicada en 1713. Entre las historias que conforman la obra, hay algunos personajes que recuerdan a Manon (Madeleine o Silvie) pero los caracteres no coinciden.

También se hallan reminiscencias de la novela picaresca (por cómo tienen que sobrevivir los personajes) y de la novela bizantina (un amor no aceptado socialmente).

Estructura y estilo

La novela está estructurada por un narrador que cede la palabra al propio Caballero para que cuente en primera persona su historia de infortunios. Esto permite al autor establecer saltos temporales en la historia que agilizan la lectura, y alternar estilos narrativos. La figura del narrador confiere paralelamente credibilidad al relato en el que destaca su brevedad siguiendo la línea marcada por Robert Challe. Esta restricción hace que se evite todo lo accesorio en la escritura, sólo los hechos desnudos con toda la tensión que eso acarrea. No obstante destacan la gran calidad estilística y las reseñas culturales que salpican todo el relato (como las alusiones a la *Eneida*, a la casuística jesuita o citas de Racine).

Prévost ha sabido dar a su novela una doble perspectiva: la primera nos muestra la completa decadencia de los dos personajes (el encuentro con la caravana de mujeres deportadas) y la segunda el regreso de Des Grieux al mundo después del sacrificio de Manon.

La novela en imágenes

Manon Lescaut ha sido adaptada tres veces a la gran pantalla y cuatro a la pequeña. En cine destaca la versión francesa de H. G. Clouzot de 1949 y en televisión todas son relativamente recientes (1990, 1998, 2005 y 2013). La última de las adaptaciones televisivas, la de 2013, ha sido dirigida por Gabriel Aghion.

PRIMERA PARTE

ME veo obligado a hacer que el lector se remonte a la época de mi vida en que hallé al caballero Des Grieux, unos seis meses antes de mi viaje a España. Aunque raras veces abandonaba mi soledad, el deseo de complacer a mi hija me obligaba en ocasiones a emprender viajes, que procuraba abreviar todo lo posible. Regresaba un día de Rouen, adonde ella me había suplicado que fuese, para solicitar del tribunal supremo de Normandía la resolución de un asunto referente a la herencia de algunas posesiones, sobre las cuales le había yo legado derechos por parte de mi abuelo materno. Emprendida mi vuelta por Evreux, donde pasé la noche, llegué al día siguiente, a la hora de comer, a Passy. Me sorprendió al entrar en esta villa ver alarmados a todos sus habitantes, que salían precipitadamente de las casas para correr en tropel a la puerta de una mala hostería, en frente de la cual se hallaban dos galeras. Los caballos, enganchados aún y jadeantes de fatiga y de calor, indicaban que las dos galeras acababan de llegar. Me detuve un momento con objeto de informarme del origen de tal tumulto. Pocas explicaciones pudo darme un populacho curioso, que no prestaba a mis preguntas la menor atención, y que avanzaba siempre hacia la hostería, empujándose con gran desorden. Vi en esto salir a la puerta un arquero, cruzada la bandolera y el mosquete al hombro. Le hice señas para que se acercara y le rogué que me diese a conocer el motivo de tanta confusión.

—No es nada, caballero –me contestó– ¡son una docena de rameras que mis compañeros y yo conducimos hasta El Havre-de-Grâce, donde debemos embarcarlas para América. Algunas son bonitas y esto despierta la curiosidad de esos buenos aldeanos.

Esta explicación me hubiera satisfecho, si no hubiera sido por las exclamaciones de una anciana que salía de la hostería, juntando las manos y gritando que cuanto acababa de ver daba horror y compasión.

—¿De qué se trata? –le pregunté.

—¡Ah!, caballero, entrad –me respondió– ¡entrad y decidme si ese espectáculo no parte el alma!

La curiosidad me hizo apearme del caballo, que dejé al cuidado de mi palafrenero. Logré, con trabajo, entrar en la hostería y vi, en efecto, algo conmovedor. Entre las doce mujeres, encadenadas de seis en seis por la cintura, se hallaba una cuyo porte y semblante armonizaban tan poco con su condición, que en cualquier otra circunstancia la hubiera tomado por una persona de alto rango. Su tristeza y la suciedad de su ropa la afeaban de una manera tan insignificante, que al verla me infundió verdadero respeto.

A pesar de estas raras cualidades, en cuanto la cadena podía permitírselo, procuraba la interesante desconocida volver la espalda, y ocultar su rostro a las miradas de los curiosos. Era esta acción tan natural, que parecía ocasionarla un sentimiento de modestia. Se hallaban en la habitación los seis guardias, acompañantes de aquella desgraciada cuadrilla; llamé aparte al jefe y le pedí algunas noticias acerca de la suerte de la hermosa joven. Pocas fueron las que pudo darme

—La hemos sacado del hospital –me dijo–, por orden del señor Teniente General de policía. Seguramente, no la han conducido allí sus virtudes. Varias veces la he interrogado por el camino, pero se obstina en no responder una palabra. Sin embargo, aunque no he recibido orden de tratarla mejor que a las demás, no dejo de guardarle algunas consideraciones, porque se me figura que vale más que sus compañeras. He ahí un joven –añadió el arquero–, que mejor que yo podría informaros de los motivos de su desgracia. Desde París nos ha seguido, llorando sin cesar. Debe ser su hermano o su amante.

Me volví hacia el rincón del aposento donde se hallaba sentado el joven, que parecía abismado en profunda meditación. Jamás he visto del dolor una imagen tan viva. Vestía con mucha sencillez, pero a la primera ojeada se adivinaba en él a un hombre de selecta educación y distinguida cuna. Me acerqué a él; se levantó y descubrí en sus ojos, en su figura y en todas sus maneras, un continente tan fino y tan noble, que me predispuso a su favor.

—No es mi deseo incomodaros –le dije, sentándome cerca de él–. ¿Queréis satisfacer la curiosidad que me inspira esa hermosa joven que no me parece digna del estado a que la veo reducida?

Con gran cortesía me contestó que no podía descubrirla sin descubrirse, y que tenía poderosas razones para desear no ser conocido.

—Puedo deciros, sin embargo, lo que no ignoran esos miserables –continuó, señalando a los arqueros–, que la amo con pasión violenta y por ella soy el más infortunado de los hombres. En París no he perdido medio ni ocasión de obtener su libertad. Los ruegos, la habilidad y la fuerza han sido inútiles; he decidido seguirla hasta el fin del mundo. Me embarcaré con ella, me trasladaré a América. Lo más inhumano de todo es que esos cobardes –prosiguió, refiriéndose a los arqueros–, no quieren permitir que me acerque a ella. Yo tenía el proyecto de atacarles abiertamente a algunas leguas de París, y me había asociado para esto con cuatro hombres. Los infames me han dejado solo en el campo y han huido con mi dinero. Imposibilitado de vencer por la fuerza, he tirado las armas y propuesto a los arqueros que me permitan seguirles. Por codicia, han accedido a mi petición, y han exigido que les pague muy caro el permiso de hablar con mi amante. Mi bolsillo se ha agotado y ahora que me veo sin un céntimo, cometen la felonía de rechazarme brutalmente cuando me acerco a ella. Hace un momento, a pesar de sus amenazas, lo he intentado, y han tenido la insolencia de alzar contra mí las culatas de sus fusiles. Para satisfacer su codicia y ponerme en disposición de continuar mi camino a pie, me veo obligado a vender mi caballo.

Aunque tranquilo de semblante durante esta narración, derramó algunas lágrimas al terminarla. Esta aventura me pareció de las más extraordinarias y conmovedoras.

—No quiero obligaros –le dije–, a descubrirme el secreto de vuestras desventuras, pero con toda sinceridad, os ofrezco mi apoyo, si en algo puedo seros útil.

—¡Ay de mí! –prosiguió–, no vislumbro el menor rayo de esperanza. Es necesario someterme a todo el rigor de mi destino. Iré a América; allí, al menos, me veré libre al lado de la que amo. He escrito a un amigo, que me enviará algún dinero al Havre-de-Grâce. Lo único que me preocupa antes de llegar allí, es el medio de procurar a esa desventurada criatura algún alivio durante el camino –añadió, mirando con tristeza a su amante.

—Pues bien –le dije–, voy a remediar vuestros apuros. He aquí algunas monedas que os suplico aceptéis. Siento en el alma no poderos servir de otra manera.

Le di cuatro luises de oro, sin que lo vieran los guardias, porque pensé que si le creían dueño de esta cantidad, le venderían más caras las complacencias. Se me ocurrió también tratar con ellos, a fin de obtener para el joven el permiso de hablar libremente a su amada hasta El Havre. Llamé por señas al jefe de la tropa y hablé con él. A pesar de su descaro, pareció avergonzarse de mi proposición.

—Caballero –respondió con embarazo–, no es que le prohibamos hablar con esa joven, sino que él quisiera estar constantemente al lado de ella; esto nos incomoda y es muy justo que lo pague.

—Veamos –le dije–, ¿cuánto queréis por acceder a lo que os pido?

Tuvo la audacia de pedirme dos luises y se los entregué al instante.

—Cuidado conmigo –añadí–, voy a dejar mis señas a ese joven, con objeto de que pueda informarme de cómo os portáis: no olvidéis que tengo sobrada influencia para alcanzar vuestro castigo.

La aventura me costó, en fin, seis luises de oro. El vivo reconocimiento con que el joven desconocido me dio las gracias, acabaron de convencerme de que era acreedor a mis favores. No me despedí sin cambiar algunas palabras con su amante. Respondió a mis preguntas con una modestia tan dulce, tan encantadora, que no pude menos de retirarme haciendo mil reflexiones acerca del carácter incomprensible de las mujeres.

Vuelto a mi soledad, olvidé por mucho tiempo esta historia. Casi dos años transcurrieron, durante los cuales ni me acordé de ella. La casualidad me deparó un día la ocasión de conocerla en todos sus detalles. Desde Londres llegué a Calais con mi educando el marqués de ***. Si mal no recuerdo, nos alojamos en el «León de Oro», en donde nos vimos obligados a pasar todo el día y la noche siguiente. Discurriendo por las calles, durante la tarde, me pareció ver al mismo joven que había encontrado en Passy. Iba muy mal vestido, y estaba mucho más pálido que cuando le conocí. Llevaba un lío debajo del brazo, y, según supe después, acababa de llegar a la ciudad. Le reconocí al momento.

—Es preciso –le dije al marqués–, que hablemos con ese joven.

La alegría de aquel desgraciado fue superior a toda ponderación, cuando me reconoció.

—¡Ah, caballero! –exclamó, besándome la mano–, al fin puedo expresaros una vez más mi eterna gratitud.

Le pregunté de dónde venía. Me respondió que había desembarcado en El Havre-de-Grâce, recién llegado de América.

—Me parece que no os sobra el dinero –le dije–; dirigíos al «León de Oro», donde paro, y nos veremos al instante.

En efecto, regresé allí, impaciente por saber los detalles del infortunio de mi protegido, y las circunstancias de su viaje a América. Estuve con él muy afectuoso y procuré que de nada careciera. No aguardó mis instancias para referirme la historia de su vida.

—Caballero –me dijo–, os portáis conmigo tan noblemente, que me reprocharía como la mayor ingratitud, tener secretos para vos. ¡Quiero revelaros, no sólo mis desventuras y mis sufrimientos, sino hasta mis desórdenes y mis debilidades más vergonzosas; tengo la seguridad de que al condenarme me compadeceréis…!

Aquí debo advertir al lector, que escribí esta historia poco después de haberla oído, y que, por consiguiente, puede estar seguro de que nada hay más exacto ni más fiel que su narración. Al decir fiel, me refiero a la relación de las reflexiones y sentimientos que, con el mejor agrado del mundo, expresó el joven aventurero.

Ahí va, pues, un relato, en el que nada pondré que no sea suyo.

Contaba diecisiete años, cumplidos al terminar mis estudios de filosofía en Amiens, adonde me habían enviado mis padres, pertenecientes a una de las más ricas familias de P***.

Observaba una conducta tan comedida y arreglada, que mis profesores me señalaban como modelo del colegio; no es que yo hiciera esfuerzos extraordinarios para merecer este elogio, sino que mi carácter, por naturaleza tranquilo y dulce, me inclinaba sin esfuerzo al estudio y al ejercicio de la virtud. Mi noble cuna, el éxito de mi aplicación y algunas complacencias exteriores, me habían conquistado la estimación de todos los hombres honrados. Terminé mis exámenes finales con tan general aprobación, que el señor obispo, que asistía a ellos, me propuso entrar en la carrera eclesiástica, en donde, según él afirmaba, alcanzaría no menos distinciones que en la Orden de Malta, a la cual me destinaban mis padres, que me hacían ya usar la cruz, con el nombre de caballero Des Grieux. Llegada la época de las vacaciones, me dispuse a regresar a casa de mi padre, que había prometido enviarme en breve a la Academia. Mi única pena al salir de Amiens, era la de dejar allí un amigo al cual me había unido siempre la amistad más tierna. Contaba algunos años más que yo. Nos habíamos educado juntos. Como era menos rico, se veía obligado a seguir la carrera eclesiástica y a residir aún, mucho después de mi partida, en Amiens, con objeto de terminar allí los estudios convenientes a su profesión. Mil cualidades le adornaban. Le conoceréis por inmejorable en el curso de mi historia, y, sobre todo, por un celo y una generosidad que sobrepujan a todo encomio. Si hubiera yo seguido siempre sus consejos, habría sido siempre bueno y venturoso. ¡Ojalá hubiera aprovechado sus consejos, cuando comencé a entregarme a la pasión que me ha arrastrado! Algo habría salvado del naufragio de mi fortuna y de mi reputación. Desgraciadamente, sus cuidados no han producido otro fruto que el sentimiento de verlos hechos inútiles y duramente recompensados a veces, por un ingrato a quien ofendían por juzgarlos inoportunos.

Había fijado el tiempo de mi partida de Amiens. ¡Ay de mí, por qué no lo fijé un día antes…! Habría llevado a la casa paterna toda mi inocencia. La víspera del mismo día en que yo debía abandonar aquella ciudad, al tiempo de pasear con mi amigo, llamado Tiberge, vimos llegar la diligencia de Arras, y la seguimos hasta la posada en donde paran estos vehículos. Sólo nos impulsaba la curiosidad. Salieron de ella algunas mujeres, que desaparecieron al instante; pero una de ellas, muy joven, se detuvo sola en el patio, mientras un hombre ya entrado en años, que parecía acompañarla, se apresuraba a recoger su equipaje. La encontré tan encantadora, que yo, que jamás me había detenido a pensar en la diferencia de sexos, ni fijado en mujer alguna mi atención; yo, repito, cuya prudencia y comedimiento admiraban todos, de repente me sentí inflamado hasta el éxtasis. Tenía el defecto de ser excesivamente tímido y fácil de desconcertar; pero lejos de sentirme dominado entonces por esta debilidad, avancé resuelto hacia el ídolo de mi corazón.

Aunque de menos edad que yo, recibió mis galanterías sin turbarse. Le pregunté qué asunto la traía a Amiens y a qué personas conocía en la ciudad. Ingenuamente me respondió que la habían enviado allí sus padres, que la destinaban a la vida monástica. El amor me dominaba ya de tal manera que consideré este proyecto un golpe mortal para mis deseos. Le hablé de modo que ella comprendiera mis sentimientos, porque era mucho más experta que yo: no iba al convento por voluntad propia, la enviaban allí, sin duda para refrenar su afición al placer, ya descubierta, y que más adelante motivaría sus desventuras y las mías. Combatí la cruel resolución de sus padres, con todos los argumentos que mi naciente amor y mi elocuencia escolástica pudieron sugerirme. Ella no mostró rigor ni desdén. Después de un momento de silencio, me dijo que de sobra presentía su infelicidad, pero que tal debía ser la voluntad del cielo, pues le quitaba todos los medios de evitarla. La dulzura de sus miradas, un aire encantador de melancolía, en tanto pronunciaba estas palabras, o más bien la influencia de mi fatal destino que me arrastraba a la perdición, no me permitieron vacilar un momento acerca de mi respuesta. La aseguré que si quería fiar de mi honor y de la ternura infinita que ya me inspiraba, daría mi vida por libertarla de la tiranía de sus padres y hacerla venturosa. Reflexionando mil veces acerca de ello, me he asombrado después de mi audacia y mi facilidad en expresarme; pero no se consideraría el amor como una divinidad, si con frecuencia no obrase tales prodigios. Mi bella desconocida sabía perfectamente que a mi edad es sincero el sentimiento; me confesó que si veía algún medio de ponerla en libertad, creería deberme más que la vida. Le repetí que me hallaba dispuesto a todo: pero falto de experiencia para imaginar de repente los medios de servirla, me limitaba a dar seguridades generales que no podían ser de gran utilidad, ni para ella, ni para mí. Su viejo Argus vino a reunirse con nosotros. Hubieran fracasado mis esperanzas, si ella no hubiera desplegado bastante ingenio para suplir la esterilidad del mío. A la llegada de su acompañante me sorprendió que me llamara primo, y con la mayor serenidad del mundo, me dijera que habiendo tenido la fortuna de encontrarme en Amiens, aplazaba hasta el día siguiente su entrada en el convento, con objeto de tener el gusto de cenar conmigo. Interpreté perfectamente esta sutileza; le propuse que se alojara en una posada cuyo dueño, establecido en Amiens después de haber sido mucho tiempo cochero de mi padre, se hallaba enteramente a mi servicio.

Yo mismo la conduje allí, mientras el viejo acompañante parecía un tanto contrariado, y mi amigo Tiberge, no comprendiendo semejante escena, me seguía sin proferir una palabra. No había oído nuestra conversación. Había continuado paseándose por el patio, en tanto yo platicaba de amores con mi bella amante. Temiendo su prudencia, me deshice de él, rogándole me hiciese un encargo. Al llegar a la posada, tuve, pues, la fortuna de hablar a solas con la soberana de mi corazón. Pronto comprendí que era menos niño de lo que creía. Mi alma se abrió a mil sentimientos placenteros, de los que jamás había tenido idea. Un dulce calor se esparció por todas mis venas. Me hallaba en una especie de éxtasis, que por algún tiempo me impidió el uso de la palabra, y que sólo mis ojos pudieron delatar. La señorita Manon Lescaut, así me dijo llamarse, pareció muy satisfecha del efecto producido por sus gracias. Noté que no se hallaba menos conmovida que yo. Confesó que me encontraba amable y que se consideraría dichosa debiéndome su libertad. Quiso saber quién era yo, y cuando cumplí este deseo, aumentó su cariño. Ella era de cuna vulgar y sintió halagado, sin duda, su amor propio con la conquista de un amante de mi condición. Estudiamos los medios de pertenecernos mutuamente. Después de muchas reflexiones, no hallamos otro camino que la fuga. Era necesario burlar la vigilancia del acompañante, que aunque simple criado, era hombre difícil de manejar. Convinimos en que yo mandaría preparar durante la noche una silla de posta; que muy de mañana volvería a la posada, antes que él se despertase, y entonces nos alejaríamos en secreto, dirigiéndonos a París, en donde al llegar nos casaríamos. Yo poseía unos cincuenta escudos, resultado de mis modestas economías; ella poseía el doble, poco más o menos. A fuer de jóvenes inexpertos, imaginamos que esta cantidad no tendría fin, y no fiamos menos en el éxito de otros recursos.

Después de cenar, con una satisfacción para mí desconocida, me retiré a preparar la ejecución de nuestro proyecto. Mis preparativos fueron muy fáciles; debía regresar al día siguiente a la casa paterna; mi equipaje se hallaba preparado del todo. No me costó ningún trabajo mandar trasladar mi maleta y pedir una silla de posta para las cinco de la mañana; esta era la hora en que debían abrirse las puertas de la ciudad; tropecé con un sólo obstáculo que estuvo a punto de deshacer completamente mis planes.

Tiberge, aunque sólo tres años mayor que yo, era muchacho de maduro juicio y severa conducta. Me quería extraordinariamente. La presencia de una joven tan linda como la señorita Manon, mi afán por acompañarla, y el cuidado que había tenido de deshacerme de él, alejándole de mí, le hicieron concebir algunas sospechas acerca de mi amor. Temeroso de ofenderme, no se había atrevido a regresar a la posada en donde me había dejado; pero había ido a esperarme a mi casa, en donde le encontré al llegar, a pesar de haber dado las diez de la noche. Esto me contrarió. Fácilmente notó él mi disgusto.

—Tengo la seguridad –me dijo sin rodeos–, de que me ocultáis algún proyecto; lo veo en vuestro semblante.

Con bastante brusquedad le contesté que no estaba obligado a rendirle cuenta de mis actos.

—Es cierto –prosiguió–, pero me habéis tratado siempre como amigo, y esta cualidad supone alguna confianza y alguna franqueza.

Me apremió tanto, que como no había tenido jamás secretos para él, acabé por confiarle el que tanto me preocupaba. Escuchó mis revelaciones con unas muestras de descontento que me hicieron estremecer. De nada me arrepentí tanto como de la indiscreción con que le había revelado el proyecto de mi fuga. Acabada mi relación, Tiberge tomó la palabra y me dijo que me quería demasiado para no oponerse a la proyectada fuga con todas sus fuerzas. Me hizo luego acerca de este asunto cuantas reflexiones creyó convenientes, y añadió que si no renunciaba en el momento a tan miserables propósitos, se valdría de personas que lograrían, con seguridad, hacerlos inútiles. Me pronunció un discurso que duró más de un cuarto de hora, y que terminó con la amenaza de denunciarme, si no le daba mi palabra de portarme con más prudencia y más juicio. Yo estaba desesperado de haberme vendido con tal torpeza. Sin embargo, como el amor había desarrollado extraordinariamente mi ingenio en el espacio de tres horas, caí en la cuenta de que no había revelado a mi amigo que a la mañana siguiente debía proceder a la ejecución de mi plan, y me resolví a engañarle, valiéndome de un equívoco.

—Tiberge –le dije–, hasta hoy os he creído un buen amigo y he querido probaros con esta confianza. Es cierto mi amor, no os he engañado; en cuanto a mi fuga, asunto es que no debe fiarse a la casualidad. Venid a buscarme mañana a las nueve; si es posible, os presentaré a mi amante y juzgaréis entonces si es acreedora a que yo dé por ella semejante paso.

Se apartó de mí haciendo mil protestas de amistad. Empleé la noche en prepararlo todo, y al rayar el día me trasladé a la posada de la señorita

Manon. Estaba esperándome, asomada a la ventana que daba a la calle; así que me hubo visto, ella misma me abrió la puerta. Salimos sin hacer ruido. La silla de posta estaba dispuesta. A los pocos instantes nos alejábamos de la ciudad. Más adelante referiré la conducta de Tiberge, en cuanto descubrió mi engaño. No por esto fue su celo menos ardiente. Veréis hasta qué punto le llevó, y cuántas lágrimas debería yo derramar, pensando en el modo que tuve de recompensarle.

Apresuramos de tal suerte nuestro viaje, que antes de la noche llegamos a Saint-Denis. Yo iba a caballo al lado de la silla de posta. No nos detuvimos más que el tiempo necesario para cambiar de tiro. Sólo cuando nos vimos cerca de París, esto es, casi seguros, nos permitimos tomar un refrigerio, pues no habíamos comido nada desde nuestra salida de Amiens. Manon, entretanto, supo persuadirme de que no estaba menos enamorada de mí que yo de ella. Éramos tan poco reservados en nuestras caricias, que ni siquiera teníamos la paciencia de esperar a encontrarnos solos. Nuestros postillones y posaderos nos contemplaban con admiración, y noté que les causaba sorpresa ver a dos niños como nosotros, amándose hasta el delirio. Nuestros proyectos matrimoniales quedaron olvidados en Saint-Denis; defraudamos los derechos de la Iglesia y nos encontramos casados sin saber cómo. Es indudable que, dado mi carácter tierno y apacible, habría sido feliz toda mi vida, si Manon me hubiera guardado fidelidad. Cuanto más la trataba, mejores cualidades descubría en ella. Su ingenio, su corazón, su dulzura y su belleza, formaban una cadena tan fuerte y tan encantadora, que habría cifrado toda mi felicidad en la dulce esclavitud a que hubiera podido sujetarme. ¡Oh, terrible mudanza! Lo mismo que alienta hoy mi desesperación, pudo un día ser la base de mi eterna ventura. Soy el más desgraciado de los hombres, por la misma constancia que debía haberme asegurado para siempre el goce de las más dulces recompensas del amor.

Tomamos en París una habitación amueblada en la calle de V…, y para mi desgracia, al lado de la casa del señor de B***, célebre asentista. Transcurrieron tres semanas, durante las cuales me distrajo tanto mi pasión, que apenas me acordé de mi familia y menos de la pena que mi ausencia debía causar a mi padre. Sin embargo, como el desorden no entraba para nada en mi conducta, y Manon se portaba también con gran comedimiento, la tranquilidad en que vivíamos fue recordándome, poco a poco, la idea del deber. Resolví reconciliarme, si era posible, con mi padre. Manon era tan buena, que la creí capaz de agradarle, sobre todo si lograba poner en evidencia la modestia y el mérito que la distinguían; me lisonjeaba, en una palabra, de obtener el consentimiento de casarme con ella, desengañado como estaba de poder verificarlo sin el permiso del autor de mis días. Comuniqué a Manon este proyecto, y la di a entender que, además de justificarlo el deber y el amor, habría de decidirnos a desear su realización la necesidad, pues nuestros fondos eran ya escasos y yo comenzaba ya a modificar la opinión de que jamás se agotarían. Manon acogió con frialdad este plan. A pesar de las objeciones que me hizo, hijas en apariencia de la ternura y del temor de perderme si mi padre no apoyaba nuestras pretensiones después de averiguar nuestro domicilio, no concebí la menor sospecha sobre el golpe cruel que contra mí preparaba la suerte. En cuanto a lo de la necesidad, me contestó que todavía nos quedaba con qué vivir algunas semanas, y que luego, ella encontraría recursos en el cariño de algunos parientes de provincias a quienes iba a escribir. Suavizó su negativa con caricias tan tiernas y apasionadas, que yo, que no vivía más que para ella y todo lo fiaba de su corazón, aplaudí todas sus respuestas y resoluciones. Había puesto mi dinero a su disposición, y confiado el cuidado de atender a nuestros gastos ordinarios. Paulatinamente, fui notando que nuestra mesa estaba mejor servida y que en ella se había permitido Manon algunos adornos considerablemente caros. Como no ignoraba que apenas debían quedarnos doce o quince doblones, la di a entender mi asombro acerca de esas innovaciones. Riendo, me suplicó que no me extrañara:

—¿No os he prometido –me dijo–, hallar recursos?

La amaba demasiado para alarmarme fácilmente.

Un día en que yo había salido, advirtiendo que tardaría en volver más de lo ordinario, me admiró que a mi regreso se me tuviera esperando en la puerta dos o tres minutos. No había en la casa más servidumbre que una jovencita de nuestra edad, poco más o menos. Cuando acudió a abrirme, le pregunté por qué había tardado tanto. Con turbación, me respondió que no me había oído llamar. Yo, que no había llamado más que una vez, le respondí:

—Pero si no me habéis oído, ¿cómo venís a abrirme…?

Le desconcertó de tal manera esta pregunta, que no teniendo bastante serenidad para contestar a ella, se echó a llorar, asegurándome que no era culpa suya, y que la señora le había prohibido abrir la puerta hasta que el señor de B*** hubiese salido por la otra escalera que comunicaba con el gabinete. Permanecí tan confuso, que ni fuerzas me quedaron para entrar en la habitación. Volví a bajar la escalera bajo un fútil pretexto, y antes mandé a la niña decir a su señora que volvería al instante, pero le advertí que no diera a entender que me había hablado del señor de B***.

Fue tan grande mi consternación, que lloré amargamente, sin darme aún precisa cuenta del sentimiento que me movía.

Entré en el primer café que encontré al paso, y allí, sentado junto a una mesa, apoyé la cabeza entre las manos, para calcular mejor lo que mi corazón sufría. No me atrevía a recordar lo que acababa de oír, me empeñaba en considerarlo una ilusión, y dos o tres veces estuve a punto de regresar a casa, sin aparentar haberlo notado. Me parecía tan imposible que Manon me engañase, que temía ofenderla con mis sospechas. La adoraba: de esto no había duda; pero si pruebas de amor le había dado, tantas o más había recibido de ella; ¿por qué acusarla de ser menos sincera y menos constante que yo…? ¿Qué motivos la podían inducir a engañarme…? Apenas hacía tres horas que me había abrumado con sus más tiernas caricias, y había recibido las mías con arrebato; conocía su corazón mejor que el mío. «No, no, proferí, es imposible que me engañe Manon. No ignora que no vivo más que para ella; demasiado sabe que la adoro, y éste no es motivo para aborrecerme».

Sin embargo, la visita y la salida clandestina del señor de B***, me llenaban de confusión. Recordaba, al mismo tiempo, las pequeñas adquisiciones de Manon, y no las encontraba al alcance de nuestra presente fortuna. Todo parecía revelar las liberalidades de un nuevo amante. ¿Y la confianza fundada en recursos para mí desconocidos? Me costaba dar a tantos enigmas una interpretación tan favorable como mi corazón deseaba. Por otra parte, apenas la había perdido de vista desde que llegamos a París. Quehaceres, paseos, diversiones; habíamos estado siempre el uno junto al otro. ¡Dios mío!, un sólo instante de separación nos hubiera afligido. Necesitábamos sin cesar decirnos que nos amábamos: sin esto hubiéramos muerto de inquietud. No podía, en fin, imaginar que Manon pudiera acordarse de otro que de mí. Por último, creí haber dado con el desenlace de tanto misterio. «El señor de B***, dije para mí, es un hombre que realiza negocios importantes y tiene grandes relaciones; los parientes de Manon se habrán valido de este hombre para hacer llegar hasta ella algún dinero. Tal vez lo ha recibido ya de él; hoy ha venido a traerle una nueva cantidad. Sin duda, ella ha tomado a juego el ocultármelo para sorprenderme agradablemente. Tal vez, ella me lo habría comunicado, si yo hubiera entrado como de costumbre, en lugar de venir aquí a afligirme, porque de seguro no me lo ocultará cuando yo mismo le hable de ello».

Me aferré a esta idea, que logró disminuir en gran parte mi tristeza. Al instante regresé a casa. Abracé a Manon con mi ternura acostumbrada. Ella me recibió como siempre. En un principio, estuve tentado de descubrirle mis conjeturas, que, más que nunca, consideraba ciertas; pero me detuvo la esperanza de que tal vez se le ocurriría prevenirme, refiriéndome todo lo ocurrido. Nos sirvieron la cena; me senté a la mesa muy alegre, pero al resplandor de la bujía, colocada entre los dos, me pareció notar tristeza en el rostro y las miradas de mi idolatrada amante. Esta idea me inspiró otras nuevas. Noté que sus miradas se clavaban en mí de una manera extraña. No podía definir si era amor o compasión, bien que me pareciese aquél un sentimiento dulce y lánguido. La miré con igual atención. Acaso no encontraba ella menos dificultades para adivinar por mis miradas el estado de mi corazón. No nos acordábamos de hablar, ni de comer. Al fin, vi que caían lágrimas de sus hermosos ojos: ¡pérfidas lágrimas!

—¡Dios mío! –exclamé–, ¡lloráis, mi querida Manon; el dolor os produce llanto, y ni una palabra me decís de vuestras penas…!

No me contestó sino con algunos suspiros que aumentaron mi inquietud. Me levanté temblando; con todos los argumentos del amor la conjuré a descubrirme el motivo de sus lágrimas; las derramé yo mismo al enjugar las suyas; estaba más muerto que vivo. Las pruebas de mi dolor y mi ansiedad habrían enternecido al más bárbaro de los hombres. Mientras me hallaba preocupado de tal suerte, oí ruido de varias personas que subían la escalera. Llamaron a la puerta suavemente. Manon me dio un beso, y huyendo de mis brazos, entró precipitadamente en el gabinete, que cerró tras sí. Me figuré que hallándose un tanto conmovida, quería sustraerse a las miradas de los extraños que acababan de llamar. Yo mismo fui a abrirles la puerta. Había abierto apenas, cuando me vi asido por tres hombres, que reconocí ser los lacayos de mi padre. Dos me sujetaron por los brazos, mientras el tercero registraba mis bolsillos, de los cuales sacó un pequeño cuchillo, única arma que llevaba encima. Me pidieron mil perdones por verse obligados a faltarme al respeto; como era natural, me dijeron que obraban por orden de mi padre y que mi hermano mayor me aguardaba en la calle con un carruaje. Me hallaba tan turbado, que me dejé llevar sin resistencia alguna. Mi hermano me esperaba, en efecto. Me colocaron en el carruaje, junto a él; y el cochero, que había recibido sus órdenes, nos condujo a escape hasta Saint-Denis. Mi hermano me abrazó con ternura, mas no me dirigió la palabra, de suerte que tuve toda la calma necesaria para reflexionar acerca de mi infortunio.

Encontré tan raros estos sucesos, que no acertaba a explicármelos. Había sido vendido cruelmente, pero, ¿por quién…? Tiberge fue el primero de quien sospeché. «Traidor, decía, ¡ay de ti, si mis sospechas resultan ciertas…!».

Pronto recordé que él ignoraba mi domicilio, y por consiguiente que no podía haberme delatado. Mi corazón no osaba aún cometer el delito de acusar a Manon. La tristeza extraordinaria de que la había visto abrumada, sus lágrimas, el tierno beso que al retirarse me había dado, eran para mí un enigma, pero me sentía inclinado a explicármelo como un presentimiento de nuestra desventura, y mientras me desesperaba al verme separado de ella, tenía la credulidad de imaginar que ella era más digna que yo de compasión. Mis reflexiones dieron por todo resultado el persuadirme de que algunas personas conocidas me habían visto en las calles de París y habían avisado a mi padre. Esta idea me consoló. Contaba salir del paso con alguna reprimenda o algún mal trato, que la autoridad paternal descargaría sobre mí. Resolví sufrirlos con paciencia y prometer cuanto de mí exigiesen, para facilitar cuanto antes mi regreso a París, y devolver la vida y el bienestar a mi adorada Manon.

Al poco tiempo llegamos a Saint-Denis. Mi hermano, a quien sorprendía mi silencio, lo creyó efecto del temor. Intentó consolarme, asegurándome que nada tenía que temer de la severidad de mi padre, mientras me hallase dispuesto a entrar de nuevo en la senda del deber y a merecer el cariño que aquél me profesaba. Me obligó después a pernoctar en Saint-Denis, sin olvidar la precaución de hacer dormir en mi aposento a los tres lacayos. Lo que me afligió en gran manera, fue el verme en la misma posada en donde me había detenido con Manon, al ir de Amiens a París. El posadero y los criados me conocieron, adivinando al mismo tiempo la verdad de mi historia. Oí decir al posadero:

—¡Ah, es el gallardo caballero que hace seis semanas viajaba con una señorita a quien amaba tan apasionadamente! ¡Qué hermosa era! ¡Pobres jóvenes, cómo se acariciaban! ¡Ha sido una lástima separarlos!

Yo fingía no oír una palabra y me dejaba ver lo menos posible. En Saint-Denis aguardaba a mi hermano una silla de dos asientos. En ella partimos muy de mañana y llegamos a casa al día siguiente por la noche. Mi hermano se presentó a mi padre antes que yo, con objeto de prevenirle en mi favor, poniendo en su conocimiento con cuánta docilidad me había dejado conducir. Por este motivo, sin duda, me recibió con menos dureza de la que esperaba. Se contentó con dirigirme algunos reproches acerca de la falta que había cometido al ausentarme sin su consentimiento. En cuanto a mi amante, me dijo que bien merecido tenía cuanto acababa de ocurrirme, por fiarme de una aventurera, que tenía formado mejor concepto de mi prudencia, y finalmente, que de mí esperaba que lo pasado me sirviese de lección. Acomodé este discurso a mis ideas. Agradecí a mi padre la bondad con que me perdonaba, y le prometí seguir una conducta más dócil y arreglada. Triunfé, allá en el fondo de mi corazón, pues al paso que iban las cosas, no dudaba tener la libertad de desaparecer de la casa aquella misma noche.

Nos sentamos a cenar, bromearon acerca de mi conquista de Amiens y mi fuga con la fiel amante. Recibí las burlas con agrado, sorprendido de que se me permitiera hablar de lo mismo que constantemente ocupaba mi entendimiento; algunas palabras escapadas a mi padre cautivaron, sin embargo, toda mi atención. Habló de perfidias y servicios interesados, prestados por el señor de B***. Permanecí atónito al oírle pronunciar este nombre, y humildemente le supliqué me diera más explicaciones. Se dirigió a mi hermano para preguntarle si me había referido toda la historia. Mi hermano contestó, que habiéndome visto tan tranquilo durante el viaje, no había creído necesario este remedio para curarme de mi locura. Noté que mi padre vacilaba en explicarse del todo. Le insté con tales ruegos, que satisfizo mi curiosidad, o mejor dicho, me asesinó cruelmente con el más horrible de los relatos.

En primer lugar, me preguntó si había tenido el candor de creerme siempre adorado por mi amante. Tuve el atrevimiento de contestarle que estaba tan seguro de ello, que nada era capaz de convencerme de lo contrario.

—¡Ja, ja, ja…! –exclamó, riendo con todas sus fuerzas–, ¡eso es divino…! Eres un valiente tonto y me gusta oírte hablar así. Es una gran lástima, ¡oh, caballero mío!, que estés destinado a la Orden de Malta, pues serías un marido cómodo y paciente.

Añadió después mil chanzas por el estilo, acerca de lo que él llamaba candor y necedad. Yo permanecí silencioso y él continuó diciéndome, que a juzgar por el tiempo transcurrido desde mi partida de Amiens, Manon me había amado unos doce días.

—Sé que saliste de Amiens –me dijo–, el 28 del mes pasado; estamos a 29 del actual; hace once días que el señor de B*** me ha escrito: supongamos que ha necesitado ocho días para entrar en relaciones con tu amante; quita once más ocho de los treinta y un días que van desde el 28 de un mes hasta el 29 del siguiente y quedan doce, poco más o menos.

Aquí se repitieron las carcajadas. Yo lo escuchaba todo con el corazón oprimido, creyendo no poder resistir hasta el fin esta triste comedia.

—Sabrás pues, ya que lo ignoras –prosiguió mi padre–, que el señor de B*** ha conquistado el corazón de tu princesa, porque se burla de mí al pretender persuadirme de que te la ha soplado desinteresadamente en mi obsequio. ¡Nobles sentimientos dignos de tal hombre, a quien, por lo demás, no tengo el gusto de conocer...! Por ella ha sabido que eres mi hijo, y para verse libre de tus impertinencias, me ha escrito las señas de tu domicilio y el desorden en que vivías, dándome a entender que era preciso tratarte con severidad para hacerme contigo. Se ha ofrecido a facilitarme los medios de apoderarme de ti; por su dirección y la de tu misma amante, tu hermano ha logrado cogerte desprevenido. Felicítate ahora por la duración de tu victoria. Sabes, hijo mío, vencer con rapidez, pero ignoras el arte de conservar tus conquistas.

No me sentí con fuerzas para sufrir por tanto tiempo un discurso cuyas palabras me atravesaban el corazón. Me levanté de la mesa, y apenas había dado algunos pasos para salir de la casa, caí exánime sobre el pavimento. Me prodigaron prontos auxilios hasta volverme a la vida. Abrí los ojos para derramar un torrente de lágrimas, y los labios para exhalar las quejas más tristes y conmovedoras. Mi padre, que me ha querido siempre con ternura, empleó todo su afecto para consolarme. Yo le escuchaba, pero sin comprenderle. Me arrojé a sus pies; juntando las manos le rogué me permitiera regresar a París, para dar de puñaladas al señor de B***.

—No –decía–, no ha conquistado el corazón de Manon; la ha violentado, la ha seducido por arte de magia o por un filtro; quizá la ha forzado brutalmente. Manon me ama. ¿Lo ignoro, por ventura? La habrá amenazado puñal en mano, para obligarla a abandonarme. ¡Qué es lo que no habrá hecho para arrebatarme una amante tan encantadora… ! ¡Oh, dioses, dioses! ¿Es posible que Manon me haya vendido y haya dejado de amarme…?

Como hablaba sin cesar de volver en breve a París, y a cada instante me levantaba con este objeto, mi padre comprendió perfectamente que en el estado de excitación en que me hallaba, nada sería capaz de detenerme. Me condujo a un aposento alto, en donde dejó conmigo a dos criados para que me vigilasen. Yo no era dueño de mí; con gusto habría dado mil vidas por estar nada más que un cuarto de hora en París. Comprendí que habiéndome declarado con tanta ingenuidad, no se me permitiría salir de mi habitación tan fácilmente. Calculé a ojo la altura de las ventanas. No viendo ninguna posibilidad de escaparme por este medio, me dirigí con dulzura a mis dos criados. Juré mil veces labrar un día su fortuna, si consentían mi evasión. Les asedié, les acaricié y amenacé, pero todo en vano. Entonces, perdida toda esperanza, resolví morir, y me arrojé sobre una cama, con el propósito de no abandonarla más que con la vida. En esta situación pasé toda la noche y el siguiente día. Mi padre me visitó por la tarde y tuvo la bondad de prodigarme los más tiernos consuelos. Con tal imperio me mandó comer algo, que lo hice por respeto a sus mandatos. Transcurrieron algunos días, durante los cuales nada tomé, sino en su presencia y por orden suya. Continuaba siempre con sus reflexiones para atraerme al buen camino e inspirarme desprecio hacia la inconstante Manon. Verdad es que ya no la quería; ¿cómo querer a la criatura más inconstante y más pérfida? Pero su imagen, los rasgos encantadores de su fisonomía, continuaban para siempre impresos en el fondo de mi corazón. Yo me sentía bien. «Puedo, debo morir, decía, después de tanta vergüenza y dolor, pero moriré mil veces, sin poder olvidar a la ingrata Manon».

Mi padre estaba maravillado de verme siempre tan profundamente conmovido; conocía mis principios de honor y no dudando que la traición de aquélla me los hiciera olvidar, imaginó que mi constancia procedía menos de la pasión en particular, que de mi afición general a las mujeres. Se aferró a esta idea de tal modo, que no consultando sino su ternura, vino un día a confesármela francamente.

—Hijo mío –me dijo–, hasta ahora he deseado que llevaras la Cruz de Malta, pero por lo visto no es tal tu gusto. Prefieres a las hermosas y estoy dispuesto a buscar una de tu agrado. Dime con franqueza qué es lo que piensas sobre este particular.

Le contesté que yo no distinguía a ninguna mujer, y que después de lo ocurrido las detestaba a todas igualmente;

—Yo te buscaré una –prosiguió mi padre, sonriendo–, parecida a Manon, pero más constante.

—¡Ah!, si usáis de alguna bondad para conmigo, –le dije–, ella es la que yo necesito. Creedme, padre mío, no me ha engañado; es incapaz de una bajeza tan negra y tan cruel. El pérfido señor de B*** es quien nos engaña, a vos, a ella y a mí. Si supierais cuán tierna y sincera es, si la conocierais, vos mismo la amaríais.

—Sois un niño –replicó mi padre–. ¿Cómo podéis ofuscaros hasta tal punto, después de lo que os he referido? Ella misma es quien os ha entregado a vuestro hermano. Deberíais olvidar hasta su nombre, y aprovechar, si sois discreto, mi indulgencia.

Sobradamente comprendí la razón que asistía a mi padre. Un sentimiento involuntario me obligaba a defender a la ingrata.

—¡Ay de mí –continué, después de un breve silencio–, cierto que estoy siendo objeto de la perfidia más infame! Sí –añadí, vertiendo lágrimas de despecho–, ya veo que sólo soy un niño. Poco costaba abusar de mi candor. Ya hallaré el medio de vengarme».

Mi padre quiso saber cuáles eran mis proyectos.

—Iré a París –le dije–, pegaré fuego a la casa de B*** y quemaré vivos a él y a la pérfida Manon.

Este arrebato hizo reír a mi padre, y sólo sirvió para aumentar el rigor de mi encarcelamiento. Así transcurrieron seis meses, durante el primero de los cuales se verificó algún cambio en mis ideas. Todos mis sentimientos estaban reducidos a una alternativa perpetua de odio y amor, de esperanza y desesperación, según la forma con que Manon se presentaba en mi memoria. Ya la consideraba la más amable de las criaturas, ya la creía una infame y pérfida amante, y juraba mil veces no buscarla sino para su castigo.

Me proporcionaron libros, que consiguieron devolver a mi alma alguna tranquilidad. Leí de nuevo todos mis autores favoritos. Mucho creció, en fin, mi afición al estudio. Más adelante veréis de qué me sirvió. Las luces debidas al amor me ayudaron a comprender muchos pasajes de Horacio y de Virgilio, que antes me parecían oscuros. Escribí un comentario erótico del libro cuarto de la Eneida, que algún día verá la luz y espero ha de agradar al público. «¡Ay, decía al escribirlo, Dido necesitaba un corazón como el mío!».

Tiberge vino a visitarme un día a mi encierro. Me maravilló la efusión con que me abrazó. Hasta entonces, no tenía pruebas de un afecto que me lo hiciera considerar más que como un amigo de colegio. Le encontré tan diferente y tan cambiado, desde los cinco o seis meses que no nos veíamos, que su semblante y la entonación de sus palabras me infundieron respeto. Más que como un amigo, me habló como prudente consejero. Compadeció el extravío en que yo había caído. Me felicitó por mi enmienda, que creía un hecho; me exhortó, en fin, a que aprovechara aquel error de la juventud, para comprender la vanidad de los placeres. Mientras le miraba con asombro, me dijo:

—Mi querido amigo, es evidente cuanto os digo, y un serio examen me ha convencido de ello. Yo, como vos, me inclinaba a la voluptuosidad; pero el cielo me infundió al mismo tiempo amor a la virtud. He usado de mi razón para comparar los resultados de una y otra, y no he tardado en descubrir sus diferencias. El cielo ha servido de auxilio a mis reflexiones. He concebido hacia el mundo un desprecio superior a todo. ¿Sabéis, añadió, lo que aún me sujeta y me impide buscar la soledad…? Sólo la tierna amistad que me inspiráis. Conozco las excelencias de vuestro corazón y de vuestra alma; nada bueno existe de que no seáis capaz. La ponzoña del placer os ha desviado del buen camino. ¡Qué desgracia para la virtud...! Vuestra fuga de Amiens me ha afligido tanto, que desde entonces no he tenido un sólo instante de satisfacción. Juzgad de ello por los pasos que me ha obligado a dar.

Me refirió que después de descubrir mi engaño y mi partida con mi amante, había montado a caballo para seguirme, pero que llevándole cuatro o cinco horas de ventaja, le había sido imposible alcanzarme; que, a pesar de todo, había llegado a Saint-Denis media hora después de mi partida; que en la completa seguridad de que me habría detenido en París, había pasado allí cinco semanas, buscándome inútilmente; que concurría a todos los sitios en donde esperaba hallarme, y finalmente, que un día había conocido a mi querida en el teatro; que ella vestía con tal lujo, que la creyó en poder de un nuevo amante; que había seguido el carruaje hasta su casa y sabido por un criado, que se hallaba entretenida por las liberalidades del señor de B***.

—No paré aquí –continuó–; volví al día siguiente para saber por ella misma lo que había sido de vos. Se separó de mí con brusquedad, apenas oyó vuestro nombre, y me vi obligado a regresar a provincias sin más informes. Allí supe vuestra aventura y la gran desesperación de que erais preso; pero no he querido visitaros, sin la seguridad de veros más tranquilo.

—¿De modo que habéis visto a Manon? –le pregunté, suspirando–. ¡Ay de mí, sois más venturoso que yo, que vivo condenado a no volverla a ver!

Me reprochó este suspiro que demostraba todavía mi debilidad hacia ella. Me lisonjeó con tanto tino sobre la bondad de mi carácter y mis inclinaciones, que desde su primera visita despertó en mí un ardiente deseo de renunciar con él a todos los placeres del siglo, para seguir la carrera eclesiástica. Acariciaba tanto esta idea, que a solas no me ocupaba de otra cosa. Recordaba las reflexiones del señor obispo de Amiens, quien me había aconsejado lo mismo, y los felices augurios formados por él en mi favor, si abrazaba esta carrera. También la piedad se mezcló en mis consideraciones. «Llevaré una vida honesta y cristiana, decía, me ocuparé del estudio y la religión, que no me permitirán pensar en los deleites peligrosos del amor; despreciaré lo que la generalidad de los hombres admiran; y como conozco bien que mi corazón no deseará sino lo que estima, tendré tan pocos disgustos como deseos».

En este sentido me forjé, con anticipación, un sistema de vida apacible y solitaria. Figuraban en él una casa apartada, con un bosquecillo y un arroyuelo al extremo de un jardín; una biblioteca, compuesta de libros selectos; un reducido número de amigos virtuosos y sensatos; una manutención sana, pero frugal y moderada. Añadía a esto una correspondencia postal con un amigo, que habitaría en París y me informaría de los acontecimientos públicos, no tanto para satisfacer mi curiosidad, como para divertirme con las locuras de los hombres. «¿Por ventura no seré feliz?, añadía; ¿no veré así satisfechos todos mis deseos?». Seguramente este proyecto halagaba en extremo mis inclinaciones. Pero al fin de tan sabio plan, sentía que mi corazón esperaba algo todavía, y que necesitaba de Manon para no desear nada, en medio de la más encantadora soledad.

Las frecuentes visitas de Tiberge lograron afirmarme en mi santa resolución y me decidí a confesársela a mi padre. Mi padre me manifestó que su intención era la de dejar a sus hijos elegir libremente su carrera, y que de cualquier modo que yo deseara disponer de mí, se reservaba tan sólo el derecho de ayudarme con sus consejos. Me los dio muy sabios; encaminados no tanto a secundar mi intento, como a hacérmelo abrazar con plena conciencia de él.

Se acercaba la apertura del nuevo curso académico. Tiberge y yo decidimos ingresar juntos en el seminario de San Sulpicio, él para terminar sus estudios teológicos, yo para comenzar los míos. Su mérito, bien conocido del obispo de la diócesis, le valió de este prelado un beneficio considerable, antes de nuestra partida.

Mi padre, creyéndome radicalmente curado de mi pasión, no opuso a mi partida la menor dificultad. Llegamos a París; el hábito eclesiástico sustituyó a la Cruz de Malta, y el nombre de abate Des Grieux al de caballero. Me entregué al estudio con tal aplicación, que en pocos meses hice progresos extraordinarios. Estudiaba gran parte de la noche y no perdía un momento durante el día. Mi reputación fue tan ruidosa, que ya me felicitaban por las dignidades que no podía menos de obtener, y sin solicitarlo, mi nombre fue apuntado en el libro de beneficios. No descuidaba yo la piedad; desempeñaba fervorosamente todos los ejercicios. Tiberge estaba maravillado de su obra, y muchas veces le vi derramar lágrimas al aplaudir lo que él llamaba mi conversión.

Jamás me ha causado asombro la poca firmeza de las decisiones humanas; una pasión las hace nacer, otra pasión puede destruirlas; pero cuando pienso en la santidad de las que me habían conducido a San Sulpicio, y en la satisfacción interior que el cielo me hacía experimentar al ejercerlas, me horroriza recordar la facilidad con que he podido quebrantarlas. Si verdaderamente el auxilio del cielo es siempre igual a la fuerza de las pasiones, explíquenme por qué funesta tentación se siente uno arrebatado de improviso lejos de su deber, sin creerse capaz de la menor resistencia, ni experimentar el menor remordimiento. Yo me creía ya enteramente libre de las debilidades del amor, y prefería la lectura de una página de San Agustín, o un cuarto de hora de meditación cristiana, a todos los deleites de los sentidos, sin exceptuar los que pudiera ofrecerme Manon. Pero un instante desgraciado me precipitó, de nuevo, en el abismo, y mi caída fue más irreparable, porque de repente me volvió al mismo grado de profundidad de que había salido. Mis nuevos desórdenes me habían de arrojar más y más hacia el fondo del abismo.

Había pasado en París cerca de un año, sin informarme de los asuntos de Manon. Al principio me había costado mucho esta violencia; los consejos incesantes de Tiberge y mis propias reflexiones, me habían dado la victoria. Los últimos meses habían transcurrido con tal tranquilidad, que me creía próximo a olvidar para siempre a aquella seductora y pérfida criatura. Llegó la época en que debía realizar un examen público ante la escuela teológica; supliqué a varias personas de rango que me honraran con su presencia. Así mi nombre se esparció por todos los barrios de París, y llegó a oídos de la inconstante. No le conoció con certeza, bajo el título de abate, mas un resto de curiosidad, o tal vez algún remordimiento de haberme engañado (jamás he podido adivinar cuál de los dos fue el motivo), la hizo interesarse por un nombre tan parecido al mío. Acudió a la Sorbona en compañía de otras señoras, presenció mi ejercicio, y poco debió costarle devolverme su amor.

No tuve el menor conocimiento de esta visita. Sabido es que existen en esos sitios gabinetes particulares, en donde las señoras permanecen ocultas detrás de una celosía. Regresé a San Sulpicio cubierto de laureles y abrumado de felicitaciones. Eran las seis de la tarde. Poco después de mi llegada, me avisaron que una señora deseaba verme. Volé al locutorio. ¡Oh, dioses, qué sorprendente aparición...! Era Manon. Era ella, pero más hermosa que nunca. Contaba entonces dieciocho abriles. Sus gracias eran superiores a todo encomio; tenía un figura tan esbelta, tan agraciada..., ¡la figura del amor mismo! Me pareció un hermoso fantasma.

Permanecí turbado en su presencia, y no pudiendo adivinar el objeto de su visita, esperaba, temblando y con la vista baja, sus explicaciones. Su turbación igualó a la mía por algún tiempo, mas al ver que yo continuaba silencioso, se llevó la mano a los ojos para ocultar algunas lágrimas. Confesó con acento tímido que su infidelidad merecía mi desprecio; y añadió, que si era cierto que la había amado alguna vez, tampoco era menos cierta mi crueldad al dejar transcurrir dos años sin informarme de su suerte, crueldad cuyo fin aún no adivinaba, pues la veía desolada en mi presencia y no me dignaba dirigirle la palabra. Imposible me sería describir el desorden de mi alma al escucharla.

Ella se sentó. Yo permanecí de pie, con el cuerpo vuelto a medias y sin atreverme a mirarla cara a cara. Repetidas veces intenté contestar sin conseguirlo. Al fin, hice un esfuerzo para exclamar dolorosamente:

—¡Pérfida Manon!, ¡ah, pérfida, pérfida...!

Llorando a lágrima viva, me repitió que no pretendía justificar su perfidia.

—¿Qué pretendéis, pues? –me atreví a preguntar.

—Pretendo morir –respondió ella–, si no me devolvéis vuestro corazón, sin el cual me es imposible la existencia.

—Pídeme, pues, la mía, ingrata –proseguí, vertiendo a mi vez un raudal de lágrimas que en vano me esforzaba en contener–; pídeme la existencia, que es lo único que me falta sacrificarte, porque jamás mi corazón ha dejado de ser tuyo.

Apenas hube pronunciado estas palabras, cuando se levantó con ímpetu para abrazarme. Me abrumó con mil caricias apasionadas. Me llamó por todos los nombres que el amor inventa para expresar sus vivos arrebatos. Yo aún correspondía a ellos con angustia. ¡Qué transición desde la tranquilidad que había disfrutado, a los movimientos tumultuosos que sentía renacer en mí! Estaba horrorizado. Temblaba, como cuando nos sorprende la noche en un campo extraviados, nos creemos transportados a un nuevo orden de cosas; un horror secreto nos sorprende y de él no salimos hasta haber examinado detenidamente las cercanías.

Nos sentamos el uno al lado del otro. Tomé sus manos entre las mías.

—¡Ah, Manon –le dije, fijando en ella mis tristes ojos–, no esperaba la negra infamia con que habéis correspondido a mi amor! Os era fácil engañar a un corazón donde reinabais como absoluta soberana, y que cifraba toda su dicha en agradaros y obedeceros. Decidme ahora si habéis hallado otro tan tierno y tan sumiso. ¡Imposible!, la naturaleza no ha hecho otro corazón como el mío. Decidme, al menos, si habéis llorado su pérdida alguna vez. ¿Qué confianza debo tener en ese rasgo de bondad que hoy os trae a consolarme? Os veo más encantadora que nunca; pero, en nombre de todo lo que por vos he padecido, decidme, ¡oh, hermosa Manon!, si puedo contar con vuestra constancia.

Me dijo frases conmovedoras acerca de su arrepentimiento; me prometió fidelidad con tales protestas y tales exclamaciones, que me enterneció de una manera indescriptible.

—Idolatrada Manon –respondí, con una mezcla profana de frases amorosas y teológicas–, eres demasiado adorable para un mortal. Siento mi corazón arrebatado por un delirio victorioso. Es una quimera cuanto del libre albedrío se dice en San Sulpicio. ¡Por ti voy a perder mi reputación y mi fortuna, bien lo sé; leo mi destino en tus hermosos ojos; ¡pero de qué pérdidas no ha de resarcirme tu amor…! Los favores de la fortuna no me conmueven; la gloria es humo para mí; locas imaginaciones eran todos mis proyectos eclesiásticos; en una palabra, todos los bienes diferentes de los que espero contigo, son bienes despreciables, pues en mi corazón no resistirían un momento a una sola de tus miradas.

A pesar de prometerle el completo olvido de sus culpas, quise saber de qué manera se había dejado seducir por el señor de B***. Me comunicó que, habiéndola visto asomada a la ventana, se había enamorado de ella, y se había declarado a lo asentista, esto es, indicando en una carta que el pago guardaría proporción con los favores. Ella había cedido desde un principio, pero sin otro objeto que el de hacerse con una suma considerable, para proporcionarnos algunas comodidades. El asentista la había deslumbrado con tan magníficas promesas, que insensiblemente se había dejado convencer. Añadió que yo debía comprender sus remordimientos por el dolor de que me había dado pruebas en la noche de nuestra separación, y que a pesar de la opulencia que la rodeaba, jamás había sido feliz con él, no sólo porque no hallaba –me dijo–, la delicadeza de mis sentimientos, sino porque aun en medio de los placeres que sin cesar le procuraba, sentía en el fondo de su corazón el recuerdo de mi amor y el remordimiento de su infidelidad. Me habló de Tiberge y de la extrema confusión que le causó su visita.

—Una estocada en el corazón –añadió–, me hubiera conmovido menos. Le volví la espalda, sin poder sufrir un momento su presencia.

Continuó refiriéndome por qué medios había sabido mi estancia en París, mi cambio de condición y mis ejercicios en la Sorbona. Me aseguró que se había sentido tan agitada durante la controversia, que no sólo le había costado mucho contener sus lágrimas, sino sus sollozos y hasta sus gritos, próximos a estallar más de una vez. Finalmente, me dijo que había salido la última de aquel lugar, con objeto de ocultar su agitación, y que siguiendo los impulsos de su alma y la impetuosidad de sus deseos, había venido directamente al seminario, resuelta a morir en él, si no me hallaba dispuesto a perdonarla.

¿A quién no hubiera conmovido un arrepentimiento tan vivo y tierno? En cuanto a mí, me sentía en aquel momento capaz de sacrificar a Manon todos los obispados del orbe cristiano. Le pregunté cómo creía que debían arreglarse nuestros planes. Me dijo que era preciso salir al momento del seminario y buscar un sitio más seguro. Sin replicar, lo aprobé todo. Entró en su carruaje para ir a esperarme al extremo de la calle. Un momento después me escapé sin ser visto por el portero. Subí con ella. Entramos en un baratillo, en donde compré los galones y la espada. Manon pagó el gasto: yo me encontraba sin un céntimo, pues, temeroso de que me detuvieran en San Sulpicio, no me había permitido entrar un momento en mi habitación en busca del dinero. Por lo demás, mi capital era mediano y ella, a causa de las liberalidades del señor de B***, era bastante rica para despreciar lo que yo abandonaba. En la misma tienda conferenciamos acerca del partido que íbamos a tomar. Para dar más mérito al sacrificio que me hacía del señor de B***, resolvió no guardar con él el menor miramiento.

—Quiero dejarle sus muebles –me dijo–, pues le pertenecen; pero es muy justo que me lleve las alhajas y unos sesenta mil francos que de él he recibido en el espacio de dos años. Ningún derecho le he concedido sobre mí –añadió–; de suerte que sin miedo alguno podemos permanecer en París: tomaremos una casa cómoda y viviremos felices.

La hice observar que si para ella no existía ningún peligro, peligraba mucho yo, pues tarde o temprano sería conocido y me vería expuesto a la desgracia que había experimentado ya. Me dio a entender que sentiría salir de París. Yo temía tanto afligirla, que era capaz de despreciar todos los peligros por complacerla. Se le ocurrió una transacción razonable. Consistía en alquilar una casa en las cercanías de París, desde donde nos sería fácil trasladarnos a la ciudad, en cuanto las diversiones o la necesidad nos obligasen a ello. Elegimos el pueblo de Chaillot, muy inmediato.

Manon regresó a su casa, sin pérdida de tiempo. Yo fui a esperarla junto a la puerta pequeña del jardín de las Tullerías. Una hora después apareció en un carruaje de alquiler, con una muchacha de servicio y algunos cofres, en donde estaban guardados sus vestidos y objetos de valor. No tardamos en hallarnos de nuevo en Chaillot. Durante la primera noche nos hospedamos en la posada, hasta encontrar una casa o habitación cómoda. Al día siguiente encontramos una a nuestro gusto.

Al principio, mi felicidad me pareció un hecho inmutable. Manon era la dulzura y la amabilidad personificadas. Me guardaba consideraciones tan delicadas, que me creí resarcido con exceso de mis penas. Como ambos habíamos adquirido alguna experiencia, reflexionamos sobre la duración de nuestra fortuna. Sesenta mil francos, constituían nuestra riqueza; no eran una cantidad capaz de durar toda la vida; pero por esto, no nos sentíamos dispuestos a reducir demasiado nuestros gastos. La economía no era ni mi principal virtud ni la de Manon. He ahí el plan que la propuse:

—Sesenta mil francos –le dije–, pueden mantenernos durante diez años. Dos mil escudos anuales nos bastarán, si continuamos viviendo en Chaillot. Llevaremos en él una vida decorosa, pero modesta. Nuestro único gasto se destinará a la conservación de un carruaje y a los espectáculos. Nos regularizaremos. Nos gusta la ópera, concurriremos dos veces a la semana. En cuanto al juego, nos reduciremos de tal suerte, que nuestras pérdidas no pasarán jamás de dos doblones. Es imposible que en el espacio de diez años no se verifique algún cambio en mi familia; mi padre está viejo, puede fallecer; entonces heredaré y habrán concluido para siempre nuestros temores.

Este acomodamiento no hubiera sido la mayor locura de mi vida, si hubiésemos tenido bastante sensatez para sujetarnos a él constantemente; pero apenas duraron un mes nuestras resoluciones. Manon adoraba el placer; yo la adoraba a ella; a cada momento surgían nuevos gastos; y lejos de echar de menos las cantidades que con frecuencia derrochaba, yo fui el primero en procurarle cuanto creía de su agrado. Hasta nuestra permanencia en Chaillot empezó a hacérsele enojosa. Se aproximaba el invierno; todo el mundo regresaba a la ciudad y el campo aparecía desierto. Me propuso tomar otra casa en París. No consentí en ello, mas para complacerla de algún modo, la manifesté que podíamos alquilar allí una habitación amueblada, en donde pasaríamos la noche, cuando saliésemos muy tarde de la reunión que frecuentábamos, porque la incomodidad de regresar tan a deshora a Chaillot era el pretexto que ella daba para mudarnos. Así, nos permitimos dos alojamientos: uno en la ciudad y otro en el campo. Semejante alteración no tardó en introducir el desorden en nuestros asuntos y en originar dos aventuras que causaron nuestra ruina.

Manon tenía un hermano, guardia de corps. Por desgracia, habitaba en París y en nuestra misma calle. Vio un día a su hermana asomada a la ventana y la conoció. Inmediatamente corrió a casa. Era un hombre brutal, sin nociones de honor. Penetró en nuestro hogar articulando horribles juramentos, y como conocía gran parte de las aventuras de Manon, la llenó de reprensiones y de insultos. Yo había salido pocos momentos antes. Esto fue para los dos una suerte, pues no le hubiera sufrido ningún ultraje. Cuando regresé a casa, él ya había salido de ella. La tristeza de Manon me dio a entender que ocurría algo extraordinario. Me refirió la escena enojosa que acababa de ocurrir y las brutales amenazas de su hermano. Me irrité de tal manera, que habría volado al instante a vengarla, si ella no me hubiera detenido con sus lágrimas.

Hablaba aún con ella de esta aventura, cuando el guardia de corps entró de nuevo en la habitación, sin anunciarse. De conocerle, no le habría recibido tan cortésmente como lo hice; pero como nos saludó con aire risueño, tuvo tiempo de decir a Manon que venía a pedirle mil perdones; pues creyéndola en el desenfreno, no había podido contener la cólera; pero acababa de informarse de quién era yo, por un criado nuestro, y había sabido de mí cosas tan favorables, que deseaba vivir en armonía con nosotros. Aunque tales informes, procedentes de un lacayo mío, tuviesen algo de chocante y estrambótico, recibí sus palabras con cortesía, creyendo agradar a mi amante, que parecía encantada de nuestra reconciliación. Le convidamos a comer. En breve, fue tomando tal confianza, que cuando nos oyó hablar de nuestro regreso a Chaillot, quiso acompañarnos, y tuvimos que cederle un lugar en nuestro carruaje. Aquello fue apoderarse de nosotros, porque en breve, se acostumbró a vernos con tanto gusto, que tomó como suya nuestra casa, y hasta cierto punto se hizo dueño de cuanto nos pertenecía. Me llamaba su hermano, y tomando por pretexto la confianza fraternal, fue presentándonos a todos sus amigos, y a todos obsequió a costa nuestra. De igual modo se hizo vestir magníficamente y nos obligó a pagar todas sus deudas. Por no disgustar a Manon, hice la vista gorda, hasta el punto de fingir no darme cuenta de que con frecuencia sacaba de ella cantidades considerables. Verdad es que tenía la delicadeza de devolvérselas en gran parte, cuando la suerte le favorecía. Era un jugador consumado. Nuestra fortuna era harto modesta para cubrir por mucho tiempo gastos tan inmoderados. Deseosos de librarnos de sus impertinencias, ya estaba próximo a tener con él serias explicaciones, cuando un funesto accidente me evitó este disgusto, causándonos otro aún de peor índole.

Habíamos permanecido un día en París para dormir allí, como con frecuencia nos ocurría; la criada, que en tales casos quedaba en Chaillot, vino a comunicarme por la mañana, que durante la noche se había incendiado nuestra casa y había costado mucho trabajo extinguir el fuego. Le pregunté si los muebles habían sufrido algún deterioro; me contestó que por la mucha confusión de personas que en gran número habían acudido a remediar la desgracia, nada podía asegurarme. Yo temblaba por el dinero encerrado en una cajita. Me trasladé al instante a Chaillot. ¡Inútil diligencia! La caja había desaparecido. Entonces comprendí que sin ser avaro se puede codiciar el dinero. Esta pérdida me afligió tanto, que temí perder la razón. De repente, comprendí a qué nuevas desgracias iba a verme expuesto: la más insignificante era la indigencia. Conocía demasiado a Manon; había ya experimentado que por constante y cariñosa que fuese en la fortuna, no había que contar con ella en la miseria: amaba demasiado la abundancia y los placeres para sacrificármelos. «¡Voy a perderla!, pensé. ¡Desdichado, con que vas a perder lo que más amas!». Esta idea me desesperó tanto, que por algunos instantes estuve tentado a terminar mis males con la vida.

Conservé, a pesar de todo, bastante serenidad para examinar antes si me quedaba algún recurso. El cielo me inspiró una idea que calmó mi desesperación; creí que no me sería imposible ocultar nuestra pérdida a Manon, y que ya por diligencia, o ya favorecido por la casualidad, podría atender honradamente a sus necesidades.

«He calculado, me decía para consolarme, que veinte mil escudos nos bastarían durante diez años; supongamos que ha expirado este plazo, sin ocurrir en mi familia ninguno de los cambios esperados. ¿Qué partido tomaría entonces? Con certeza, no lo sé, pero, ¿quién me impide hacer ahora lo mismo que entonces haría? ¡Cuántas personas viven en París que sin poseer mi talento, ni mis cualidades naturales, deben, sin embargo, la subsistencia a sus propios méritos ¿La Providencia, añadí, reflexionando acerca de los diferentes estados de la vida, por ventura, no lo ha dispuesto todo sabiamente? La mayor parte de los magnates y de los ricos son unos necios; esto es evidente para quien conoce el mundo un poco. Luego preside en él una justicia admirable. Si unieran esos potentados el talento a las riquezas, serían ellos demasiado venturosos y demasiado miserables los demás hombres. Las cualidades del cuerpo y del alma han sido concedidas a éstos, como medios de librarse de la miseria. Unos cumpliendo los caprichos de los grandes, los engañan y participan de sus riquezas; otros, sirven para instruirles, procurando hacer de ellos hombres honrados; verdad es que raras voces lo consiguen, pero tampoco es éste el objeto de la divina sabiduría y siempre sacan un provecho de sus esfuerzos, el de vivir a expensas de aquellos a quienes instruyen. De cualquier modo, en fin, que se considere, la necesidad de los opulentos constituye una excelente renta para los desheredados».

Estas reflexiones me tranquilizaron un tanto. Ante todo, resolví consultar al señor Lescaut, hermano de Manon. Él conocía París palmo a palmo, y yo sobradas ocasiones había tenido de comprender que ni sus propiedades, ni su sueldo, constituían su mejor fortuna. Apenas me quedaban veinte doblones que, afortunadamente, se hallaban en mi bolsillo. Le mostré la bolsa, explicándole mi desgracia y mis temores, y le pregunté qué partido podía tomar entre morir de hambre o romperme la cabeza de desesperación. Me respondió que el romperse la cabeza era el recurso de los tontos; en cuanto a morir de hambre, que muchas personas de talento se veían reducidas a ello cuando no querían hacer uso de sus méritos, que a mí me tocaba, en conclusión, examinar de lo que sería capaz. Mientras, me prometió su auxilio y sus consejos en todas mis empresas.

—Eso es muy vago, señor Lescaut –le dije–; mis necesidades exigen un remedio más activo: ¿qué voy a decir a Manon?

—A propósito de Manon –exclamó–, ¿qué es lo que os apura? ¿Acaso no os ofrece ella misma el medio de salir cuando queráis de la miseria? Esa muchacha debería mantenernos a todos, a vos, a ella y a mí».

Evitó la contestación que tal impertinencia merecía, al decirme que antes de la noche me garantizaba mil escudos que repartir entre los dos, si seguía su consejo; que conocía a un señor, tan generoso en materia de placeres, que tenía la seguridad de que daría con mucho gusto mil escudos, por obtener los favores de una joven como Manon.

—Mejor concepto tenía de vos –le respondí–; me había figurado que el motivo de vuestra amistad era un sentimiento opuesto al que acabáis de manifestarme.

Confesó sin rubor que siempre había pensado lo mismo, y que habiendo su hermana violado una vez las leyes del sexo, aun en favor del hombre a quien amaba, no se había reconciliado con ella, sino con la esperanza de explotar su mala conducta. Me fue fácil comprender que hasta entonces se había burlado de nosotros. No obstante, por mucho que me impresionase este discurso, la necesidad que de Lescaut tenía, me obligó a contestarle, que su consejo era un recurso extremo. Le rogué me indicara otro camino. Propuso que aprovechara mi juventud y bella presencia, para entrar en relaciones con alguna dama vieja y generosa. Tampoco acepté esta determinación que me habría hecho infiel a mi amante. Le hablé del juego como recurso más fácil y más conveniente a mi situación. Me dijo que, ciertamente, era un recurso, pero que necesitaba explicaciones: que ponerme a jugar sencillamente, con las esperanzas vulgares, era el verdadero modo de precipitar mi perdición; que pretender ejercer solo y sin ayuda de nadie, los pequeños medios que usa un hombre hábil para asegurar su fortuna, era sobrado peligroso; que existía un tercer recurso y era el de asociarse; pero que en vista de mi juventud, temía que los señores confederados no me creyesen con las cualidades suficientes para ingresar en el complot. Sin embargo, me prometió recomendarme a ellos y, cosa que no esperaba de él, me ofreció algún dinero para cuando lo necesitase. Lo único que en tales circunstancias le pedí, fue que no dijera una palabra a Manon de la pérdida sufrida, ni del objeto de nuestra conferencia.

Salí de su casa menos satisfecho aún que al entrar en ella; hasta me arrepentí de haberle confiado mi secreto; nada había hecho en mi favor que no pudiera obtener yo mismo, sin necesidad de esta confianza. Temía, además, mortalmente, verlo faltar a su promesa de no revelar el secreto a Manon.

Del mismo modo llegué a temer que concibiese el proyecto de sacar partido de Manon, o la arrebatase de mis brazos, o la aconsejase que me abandonara por otro amante más rico y venturoso. Sobre el particular, hice mil reflexiones que me atormentaron y me desesperaron mucho. Varias veces se me ocurrió escribir a mi padre para obtener algún dinero, fingiendo una nueva conversión; pero al instante recordé que, a pesar de su bondad, me había tenido encerrado seis meses, en castigo de mi primera falta; no se me ocultaba que, en vista del escándalo que debió causar mi fuga de San Sulpicio, me trataría ahora con mucho más rigor. Esta confusión de ideas dio por resultado una que, de repente, devolvió la calma a mi atribulado espíritu: consistía en acudir a mi amigo Tiberge; en él hallaría, como siempre, verdadera amistad. Nada más admirable ni más honroso para la virtud que la confianza con que uno se dirige a las personas cuya probidad conoce perfectamente. Comprende uno que no corre con ellas el menor peligro, y que a falta de auxilio obtendrá de ellas, por lo menos, misericordia y bondad. El corazón, que se cierra con desconfianza para el resto de los hombres, se abre sin recelos ante el virtuoso, como se abre una flor a los rayos solares que han de prestarle benéfica influencia.

Consideré un efecto de la protección del cielo haberme acordado tan a propósito de Tiberge, y resolví verle en aquel día. Regresé en aquel instante a casa con objeto de escribirle e indicarle el sitio de nuestra entrevista. Le recomendé el secreto y la discreción, como uno de los más importantes servicios que podía prestarme en la situación en que me hallaba. La satisfacción que la esperanza de verle me infundía, borró en mí toda señal de dolor. Hablé a Manon de nuestra desgracia de Chaillot como de una bagatela que no debía alarmarla; y como era París el sitio del mundo preferido por ella, no le disgustó el oírme decir que era preciso permanecer en él hasta que estuviesen reparados en Chaillot algunos ligeros desperfectos producidos por el incendio. Una hora después recibí contestación de Tiberge, prometiéndome acudir a la cita. Acudí a ella con verdadera impaciencia. Sin embargo, sentía alguna vergüenza al tener que hablar a un amigo, cuya sola presencia era una acusación para mis desórdenes. El concepto que me merecía su bondad y el amor a Manon, me alentaron.

El punto escogido por mí para aquella entrevista, era el jardín del Palais-Royal. Acudió allí antes que yo. Apenas me divisó, vino a abrazarme: me retuvo largo rato entre sus brazos y sentí mi rostro bañado en sus lágrimas. Le dije que me presentaba a él confuso, pues me atormentaba el alma el reconocimiento de mi ingratitud. Lo primero que le rogué, fue que me contestase si me era permitido todavía considerarle amigo mío, después de merecer con tanta justicia perder su aprecio y estimación. De la manera más tierna, me respondió que nadie era capaz de hacerle renunciar a este título; que hasta mis mismas desventuras y, si le permitía decirlo, mis faltas y mis desórdenes, habían aumentado su cariño; pero que este cariño iba acompañado del más profundo dolor, del dolor que sentimos por una persona querida cuando la vemos precipitarse en el camino de la perdición, sin poder evitarlo.

Nos sentamos en un banco.

—¡Ay de mí! –exclamé–, vuestra compasión debe ser excesiva, mi querido Tiberge, si como aseguráis, iguala a mis desventuras. Me avergüenza descubríroslas, porque el motivo no es honroso, lo confieso, pero son tan tristes sus resultados, que no es necesario quererme lo que vos para tenerme lástima.

Me pidió como una prueba de amistad, que le refiriera sin rodeos cuanto me había ocurrido desde mi salida de San Sulpicio. Satisfice este deseo, y lejos de alterar la verdad de los hechos, de disminuir mis faltas o hacerlas más disculpables, le hablé de mi pasión con toda la energía que me inspiraba. Se la presenté como obra del destino, que trata de perder a un miserable, y de cuyo influjo es a la virtud tan imposible defenderse, como a la prudencia le fue imposible adivinarla. Le describí todas mis agitaciones, mis temores, la desesperación en que me hallaba dos horas antes de verle y en que iba a caer de nuevo, si mis amigos me abandonaban como la fortuna, sin piedad; en fin, enternecí de un modo al bueno de Tiberge, que le vi tan afligido por la compasión, como yo lo estaba por mis penas. No se cansaba de abrazarme y exhortarme a tener más valor y más calma. Noté que en medio de sus lamentaciones, suponía siempre la ineludible necesidad de separarme de Manon: entonces le di a entender, sin rodeos, que esta separación era mi mayor desgracia y que estaba dispuesto a soportar, no sólo el último exceso de la miseria, sino la muerte más cruel antes que aceptar un remedio más insoportable que todos mis males reunidos.

—Decidme, pues –exclamó–, ¿en qué puedo seros útil si rechazáis todas mis proposiciones?

No me atreví a declararle que necesitaba de su bolsillo; pero él acabó por comprenderlo así y permaneció algún tiempo indeciso, como quien vacila.

—No creáis –añadió poco después–, que mi vacilación procede de falta de celo y amistad; es que me ponéis en la dura alternativa de rehusaros el único auxilio que queréis aceptar, o de faltar a mi deber al otorgároslo, porque, ¿no es hacerme cómplice de vuestro desenfreno, proporcionaros los medios de perseverar en él? Con todo –prosiguió, después de un momento de reflexión–, imagino que el estado de indigencia en que os halláis no es el mejor consejero. Se necesita un ánimo sereno para apreciar la prudencia y la verdad. Os proporcionaré algún dinero. Permitidme, sin embargo –añadió, abrazándome–, que os imponga una condición: pondréis en mi conocimiento el lugar de vuestro domicilio, y me permitiréis algunos esfuerzos para atraeros al camino de la virtud, pues me consta que la amáis, y que sólo os aparta de ella la violencia de vuestras pasiones.

Le prometí acceder a sus deseos y le rogué que compadeciera el rigor de mi fortuna, que tan mal me hacía aprovechar los consejos de un amigo virtuoso. Me acompañó en seguida a casa de un banquero conocido suyo, el cual, bajo su firma, me adelantó cien doblones en oro contante y sonante. Ya he dicho que Tiberge no era rico: su beneficio ascendía a mil escudos; pero como hacía poco tiempo que disfrutaba de él, nada había pedido aún y me hacía este adelanto, a cuenta de sus productos venideros.

Comprendí todo el mérito de su generosidad; me conmovió tanto, que hasta deploré la ceguedad de un amor que me impulsaba a pisotear todos los deberes; por breves momentos, la virtud tuvo bastante fuerza para elevarse en mi corazón sobre las pasiones, y en ese instante luminoso pude comprender toda la vergüenza y la indignidad de mis cadenas. Pero este combate fue demasiado corto. La presencia de Manon habría bastado para precipitarme del mismo cielo, y al verme otra vez al lado de ella me asombré de que, ni siquiera por un instante, hubiese podido tildar de vergonzosa la pasión que sentía por un objeto tan seductor.

Manon era una criatura extraordinaria. Jamás tuvo al oro el menor apego, pero no podía gozar un momento de tranquilidad con el temor de carecer de él. Necesitaba placer y distracción. Sin embargo estando divertida, todo le era indiferente; ni siquiera se informaba de nuestro estado económico, con tal que pudiera pasar agradablemente el día. Nada, pues, más fácil que complacerla improvisando todos los días diversiones a su gusto. Sin este aliciente no había que contar con ella para nada. Aunque me amaba con ternura, y según propia confesión, era yo el único capaz de hacerla experimentar los placeres del amor, podía estar seguro de que su cariño no triunfaría de ciertas inquietudes.

Con una fortuna mediana, me hubiera preferido al mundo entero; sin esto, era indudable que me abandonaría por algún nuevo señor de B***, cuando no pudiera ofrecerle otra cosa que mi constancia y mi fidelidad. En vista de ello, resolví reducir mis gastos particulares para atender siempre a los suyos, y privarme de mil necesidades antes de que ella careciese de lo superfluo. El carruaje me preocupaba sobre todo, porque era muy difícil mantener los caballos y pagar al cochero.

Revelé de nuevo al señor Lescaut mis inquietudes, y no le oculté que había recibido de un amigo cien doblones. Me repitió que si quería probar fortuna en el juego, no desesperaba de que, sacrificando de buena voluntad un centenar de francos, para obsequiar a sus colegas, sería por su recomendación admitido en el complot industrial. Por mucho que la farsa me repugnara, me dejé arrastrar por una cruel necesidad.

Aquella misma noche, el señor Lescaut me presentó como pariente suyo, y dijo que me hallaba más dispuesto que ninguno a triunfar, porque más que ninguno necesitaba grandes mercedes de la fortuna. No obstante, para darles a entender que no me hallaba en la miseria, añadió que yo había decidido convidarlos a cenar. Fue aceptada la invitación. Los traté con magnificencia. Se habló largo rato de la gentileza de mi figura y mis felices disposiciones; aseguraron que mucho se debía esperar de mí, porque existiendo en mi fisonomía algo que trascendía a hombre honrado, nadie desconfiaría de mis artificios; finalmente, se dieron las gracias al señor Lescaut por haber introducido en la sociedad un novicio de mi mérito, y se confió a uno de los jugadores el encargo de instruirme durante algunos días. El principal teatro de mis hazañas debía ser el hotel de Transylvania, en donde había una mesa de faraón, en una sala y varios otros juegos de naipes y de dados, en la galería. Esta academia existía en provecho del príncipe de R***, que a la sazón residía en Clagny, y la mayor parte de sus dependientes eran asociados nuestros. ¿Lo diré para vergüenza mía…? Durante algún tiempo, aproveché las lecciones de mi maestro; adquirí, sobre todo, mucha habilidad en hacer cara al enemigo y, ayudado de unas mangas muy largas, escamotear un naipe, con la ligereza suficiente para burlar las más hábiles miradas y arruinar sin afectación a muchos jugadores de buena fe. Esta destreza extraordinaria apresuró tanto los progresos de mi fortuna, que pronto me vi dueño de sumas considerables, sin contar las que de buena voluntad compartía con mis colegas. Entonces ya no temí revelar a Manon nuestra pérdida de Chaillot; y para consolarla de una noticia tan enojosa, alquilé una casa amueblada, en la cual nos instalamos con aires de opulencia.

Durante este tiempo, Tiberge no había dejado de visitarme con frecuencia. Sus sermones eran interminables. Sin cesar me explicaba las ofensas que yo infería a mi conciencia, a mi honor y a mi fortuna. Yo, conociendo la buena intención que los inspiraba, recibía amistosamente sus consejos; pero no me encontraba con fuerzas para seguirlos. Algunas veces le embromaba, aun en presencia de Manon, y le exhortaba a no ser más escrupuloso que un gran número de obispos y otros sacerdotes que saben conciliar perfectamente un beneficio con una amante.

—Mirad –le decía, mostrándole los ojos de Manon–, mirad y decidme si hay pecado con más bello justificante.

Él lo sufría todo con paciencia. Hizo mucho más: cuando vio aumentarse mis riquezas y que no sólo le devolvía sus cien doblones, sino que alquilaba una nueva casa, duplicaba mis gastos, y como nunca iba a precipitarme en los placeres, cambió por completo de tono y de maneras: se lamentó de mi dureza de corazón, me amenazó con los castigos del cielo y me pronosticó una parte de las desgracias que no tardaron en acontecerme.

–Es imposible –me dijo–, que las riquezas que sirven de fomento a vuestro desenfreno las adquiráis por medios honrados. Las habéis adquirido malamente; de igual modo os serán arrebatadas. Dejaros disfrutar con tranquilidad de ellas sería la mayor injusticia. Todos mis consejos –añadió–, os han sido inútiles; demasiado preveo que muy pronto han de seros inoportunos. Adiós, ingrato y cobarde amigo. ¡Ojalá se desvanezcan como una sombra vuestros placeres criminales ! ¡Ojalá vuestra fortuna y vuestro dinero desaparezcan para siempre, y quedéis solo y desnudo, para que comprendáis la vanidad de las venturas que tan locamente os han embriagado...! Entonces me hallaréis dispuesto a serviros y a quereros; hoy rompo toda relación con vos y detesto la existencia que lleváis.

Pronunció esta arenga apostólica en mi gabinete y en presencia de Manon. Se levantó para retirarse. Quise detenerle, pero Manon me lo prohibió, diciendo que era un loco a quien convenía dejar franca la salida.

Sus palabras no dejaron de causarme alguna impresión. Hago notar así las diversas ocasiones en que mi corazón se sintió inclinado a la virtud, porque a su recuerdo he debido, más adelante, una parte de mi valor en las más azarosas circunstancias de mi vida. Las caricias de Manon desvanecieron muy en breve el mal efecto de aquella escena. Continuamos viviendo entre el amor y los placeres. El aumento de nuestras riquezas redobló nuestro cariño. Venus y la fortuna no tenían esclavos más venturosos. ¡Dios mío, a qué llamar al mundo valle de lágrimas, si pueden disfrutarse en él tales delicias! Pero, ¡ay de mí, cuán transitorias son! ¿Qué más felicidad podríamos desear si fuesen duraderas? Las nuestras sufrieron la suerte de costumbre: pasaron pronto y fueron seguidas de amargos sinsabores. Había sacado del juego ganancias tan considerables, que pensé colocar una parte de mi capital. Mis criados no ignoraban mi fortuna, sobre todo mi ayuda de cámara y la doncella de Manon, en cuya presencia hablábamos muchas veces sin desconfianza. Esta muchacha era bonita; mi criado estaba enamorado de ella. Se las habían con amos jóvenes y casquivanos, y comprendieron que podían burlarse fácilmente de ellos. Concibieron este proyecto y lo llevaron a cabo, con tal desgracia para nosotros, que nos dejaron en un estado del que todavía no hemos logrado reponernos.

Habiéndonos un día convidado a cenar el señor Lescaut, regresamos a casa poco antes de la medianoche. Yo llamé a mi ayuda de cámara y Manon a su doncella; ni uno ni otro se presentaron. Se nos dijo que faltaban de la casa hacía más de ocho horas, de la cual habían salido transportando algunos bultos, de orden mía, según dijeron. Presentí en seguida una catástrofe. Mis sospechas se vieron confirmadas con exceso. Aquellos pícaros habían forzado la cerradura de mi escritorio y llevado mi dinero, con todos mis vestidos. Mientras reflexionaba a solas acerca de esta ocurrencia, Manon vino desolada a participarme que en su habitación se había verificado igual saqueo. El golpe me pareció tan cruel, que sólo un esfuerzo extraordinario de la razón sofocó mis gritos y mi llanto. El temor de comunicar a mi amante mi desesperación me obligó a afectar tranquilidad. Bromeando le dije que me resarciría de esta pérdida con algunas trampas en el hotel de Transylvania. No obstante, me pareció tan sensible nuestra desgracia, que su tristeza consiguió afligirme más de lo que mi fingida alegría había conseguido consolarla.

—¡Estamos perdidos!, me dijo con las lágrimas en los ojos.

En vano procuré distraerla con mis caricias. Mi propio llanto revelaba el estado de mi espíritu. Nos habían arruinado de tal modo, que ni siquiera nos quedaba una camisa.

Llamé sin pérdida de tiempo al señor Lescaut. Este me aconsejó que fuera inmediatamente a ver al señor inspector de policía y al primer preboste de París. Me dirigí a ellos, mas para nuestra mayor desgracia, pues aparte de que semejante paso y los que obligué a dar a estos dos funcionarios de la autoridad no obtuvieron el menor resultado, dio tiempo a Lescaut para seducir a su hermana inspirándola, durante mi ausencia, una horrible determinación. Le habló del señor de G*** M***, viejo voluptuoso que pagaba pródigamente sus placeres, y la hizo entrever con él tales ventajas, que afligida como se hallaba por nuestra desgracia, accedió fácilmente a todo. Esta honrosa venta quedó terminada antes de mi regreso y aplazada su ejecución para el día siguiente, después que Lescaut hubiera prevenido al señor de G*** M***. A mi vuelta le encontré esperándome en casa. Manon se había acostado en su cuarto, después de dar orden a su lacayo de decirme que, necesitando algún reposo, me suplicaba que la dejase sola aquella noche. Lescaut se separó de mí, después de ofrecerme algunos doblones, que acepté. Me acosté cerca de las cuatro. Pensando en recuperar mi fortuna, me dormí tan tarde que no me fue posible despertar antes de mediodía. Me levanté inmediatamente para volar a informarme de la salud de Manon: me dijeron que había salido una hora antes, acompañada de su hermano, que había estado a buscarla en un carruaje de alquiler. Aunque semejante salida con Lescaut me pareciese misteriosa, procuré alejar mis sospechas. Esperé leyendo algunas horas. Por último, no siendo dueño de mi inquietud, me paseé por la casa a grandes pasos. En la habitación de Manon vi sobre la mesa una carta cerrada. Estaba dirigida a mí y era de su puño y letra. La abrí con un temblor mortal. Ved lo que decía: «Yo te juro, oh, hermoso caballero, que eres el ídolo de mi corazón y que a nadie en el mundo amo como a ti; pero, ¿no ves, alma mía, que en la situación a que nos vemos reducidos la fidelidad sería una bobada? ¿Crees posible amar con ternura careciendo de lo necesario? El hambre me inspiraría fatales desdenes; cuando menos lo pensases exhalaría mi último suspiro creyendo exhalar un suspiro de amor. Yo te adoro, no lo dudes, mas cédeme por algún tiempo la dirección de nuestra fortuna. ¡Ay del que caiga en mis redes! Trabajaré para enriquecer y procurar la ventura a mi querido caballero. Mi hermano te dará noticias de tu Manon; te dirá cuánto ha llorado por verse obligada a abandonarte».

Después de esta lectura, permanecí en un estado difícil de describir; hoy todavía ignoro qué clase de sentimientos me atormentaron. Fue una de esas situaciones únicas en su género, que ni hallan en la memoria analogía, ni se parecen a nada conocido. Lo que es indudable, es que sentí en aquel momento dolor, despecho, celos y vergüenza. ¡Afortunado de mí si al menos no hubiera sentido más que amor! «Ella me ama, quiero creerlo, me decía, ¿no sería un monstruo si me aborreciera? ¿Qué derechos tuvo nadie sobre un corazón que yo no los tuviera sobre el suyo?

¿Qué es lo que me falta hacer por ella, después de cuanto la he sacrificado? ¡Y sin embargo, me abandona! ¡Se cree, la ingrata, a salvo de mis quejas al decir que no cesa de amarme! ¡Da por pretexto el hambre…! ¡Dios de amor, qué sentimientos tan groseros y qué mal corresponde a mi delicadeza…! Jamás la he temido, yo, que por Manon la desafío con tal placer, renunciando a mi fortuna, a los goces del hogar y de la casa paterna, yo, que me he privado hasta de lo necesario, para satisfacer sus antojos y caprichos! ¡Y dice que me adora! Ingrata, si me adorases, bien sé de quién te hubieras aconsejado; no me habrías abandonado, al menos sin despedirte de mí. Solo yo puedo explicar los crueles tormentos que uno experimenta al separarse de la que adora. Se necesitaría estar loco para exponerse a ellos voluntariamente».

Una visita inesperada interrumpió mis lamentos: la visita de Lescaut.

—Verdugo –le grité, echando mano a la espada–, ¿qué has hecho de Manon…? ¿Dónde está…?

Este arrebato le asustó. Me respondió que si le recibía de tal suerte, cuando iba a darme cuenta de un servicio importante, se retiraría y no volvería a poner los pies en mi casa. Corrí a la puerta de la habitación y la cerré cuidadosamente.

—No vayas a creer –le dije, volviéndome hacia él–, que puedas engañarme una vez más y hacerme tu juguete. Defiende tu vida o entrégame a Manon.

—Diablo, ¡qué vivo de genio sois! Precisamente ése es el objeto de mi visita. Vengo a anunciaros una felicidad inesperada que os hará comprender lo mucho que debéis estarme agradecido.

Le pedí breves explicaciones.

Me refirió que Manon, no pudiendo soportar el temor de la miseria, y sobre todo, la idea de verse de repente obligada a reducir su tren, le había suplicado que le procurase relaciones con el señor de G*** M***, que pasaba por hombre generoso. No se atrevió a decirme que era él quien se lo había aconsejado y quien antes había preparado el camino.

—Esta mañana la he acompañado allí –prosiguió– y a ese buen hombre le ha sorprendido tanto el mérito de Manon, que al momento la ha invitado a acompañarle a su casa de campo, donde ha ido a pasar algunos días. Yo –añadió Lescaut–, comprendiendo de repente cuán ventajoso podía seros eso, le he hecho entender con maña que Manon había sufrido pérdidas muy considerables, y he estimulado su generosidad de modo que ha empezado por regalar a Manon doscientos doblones. Le he dicho que esto bastaba por ahora, pero que mi hermana tendría, en lo sucesivo, grandes necesidades; que, además, se había encargado de un hermanito abandonado a nuestros cuidados, después de la muerte de nuestros padres, y que si la creía digna de su aprecio no le permitiría sufrir por ese pobre niño, a quien ella consideraba como a la mitad de su ser. Esta relación no ha dejado de enternecerle. Se ha comprometido a alquilar una casa cómoda para vos y para Manon, porque vos en persona sois ese pobre hermanito huérfano. Ha prometido amueblaros la casa decorosamente y proporcionaros todos los meses nada menos que cuatrocientos francos, los cuales, si no me equivoco, constituirán una renta anual de cuatro mil ochocientas libras. Antes de su partida al campo, ha dado orden a su administrador de buscar una casa y tenerla preparada a su regreso. Entonces volveréis a ver a Manon, que me ha encargado que os dé de su parte mil abrazos, y os aseguro que os ama más que nunca.

Me senté, meditando en el giro extravagante de mi destino. Era presa de tan opuestos sentimientos y, por lo tanto, de una incertidumbre tan difícil de definir, que permanecí largo rato sin contestar a las muchas preguntas que Lescaut me dirigía una tras otra. Entonces, el honor y la virtud dejaron sentir el peso de los remordimientos, y suspirando volví los ojos hacia Amiens, hacia la casa paterna, hacia San Sulpicio y hacia todos los lugares, en fin, testigos de mi inocencia. ¡Cuán lejos me hallaba de ella! La divisaba en lontananza como una sombra que atraía aún mis deseos y mis miradas, pero impotente para estimular mis esfuerzos. «¿Por qué fatalidad, pensaba, he llegado a ser tan criminal? El amor es una pasión inocente; ¿cómo se ha trocado para mí en un manantial de miserias y desórdenes? ¿Quién me impedía vivir tranquilo y virtuoso al lado de Manon? ¿Por qué no me casé con ella, antes de obtener las primicias de su amor? Mi padre, que tan tiernamente me quería, ¿no habría consentido en ello si se lo hubiera suplicado mil veces con honrados propósitos...? ¡Ah!, mi mismo padre la habría adorado como a una joven encantadora, sobradamente digna de ser la esposa de su hijo; yo sería venturoso con el amor de Manon, con el cariño de mi padre, con la estimación de los hombres honrados, con los favores de la fortuna y la tranquilidad de la virtud. ¡Funesto contraste! ¿Qué infame personaje me proponen? ¿Cómo seré capaz de compartir...? Pero, ¿quién lo duda si así lo ha dispuesto Manon y la pierdo sin esta complacencia...?»

—Señor Lescaut –exclamé, cerrando los ojos, como para alejar tan penosas reflexiones–, si habéis deseado servirme, os lo agradezco. Hubiérais podido elegir un medio mejor; pero esto es un hecho, ¿no es verdad? No pensemos, pues, sino en aprovechar vuestros cuidados y en cumplir lo prometido.

Lescaut, a quien mi cólera, seguida de un largo silencio, había confundido, se maravilló de verme tomar un partido tan distinto del que, sin duda, esperaba; no tenía nada de valiente, y así tuve ocasión de comprenderlo más adelante.

—Sí, sí –se apresuró a contestarme–, os he prestado un gran servicio; ya veréis cómo sacamos de él gran provecho.

Concertamos de qué modo podríamos evitar la desconfianza que el señor de G*** M*** pudiera concebir acerca de nuestra fraternidad, viéndome más crecido y, tal vez, con más edad de la que se figuraba. No hallamos otro recurso que el de adoptar en su presencia un continente cándido y provinciano, y hacerle creer que yo deseaba ingresar en la carrera eclesiástica, y que con este objeto asistía al colegio todos los días. Asimismo, decidimos que me presentaría a él mal vestido la primera vez, que se me concediera el honor de saludarle. Pasados tres o cuatro días regresó el tal señor a la ciudad. El mismo acompañó a Manon a la casa que su administrador había tenido cuidado de preparar. Al momento, mandó informar de su regreso a Lescaut; éste me avisó y los dos nos trasladamos a la nueva casa de mi amante. El viejo había ya salido de ella.

A pesar de la resignación con que me sometía a su voluntad, no pude impedir que mi alma exhalase amargas quejas al volver a ver a Manon. Me encontró triste y doliente. La satisfacción de mirarla no borraba del todo el disgusto de su infidelidad; ella, por el contrario, pareció alegrarse mucho de mi visita. Reprochó mi frialdad. No pude abstenerme de pronunciar las palabras infiel y pérfida, acompañadas de otros tantos suspiros. Al principio, tomó a chanza mi naturalidad; pero en cuanto vio mis miradas fijarse tristemente en ella y el dolor que me causaba un cambio tan opuesto a mi carácter y a mis aspiraciones, entró sola en su gabinete. Yo la seguí poco después. La encontré anegada en llanto. Le pregunté el motivo.

—Fácil es de comprender –me respondió–, ¿cómo quieres que viva si te enoja mi presencia? En el tiempo que has estado aquí, no me has dirigido una sola caricia y has recibido las mías con la majestad del Gran Turco en el serrallo.

—Oídme, Manon –le respondí, abrazándola–, no puedo ocultaros que mi corazón está herido de muerte. No quiero referirme ahora a los temores en que me ha precipitado vuestra imprevista fuga, ni a vuestra crueldad de abandonarme sin una palabra de consuelo, después de pasar la noche en otro lecho que el mío; el hechizo de vuestra presencia me haría olvidar esto y mucho más. ¿Creéis, pues, que puedo pensar sin suspiros y sin lágrimas –añadí, vertiendo algunas–, en la triste vida que me obligáis a llevar en esta casa…? Dejemos a un lado mi cuna y mi honor: ya no son tan débiles motivos los que deban entrar en competencia con un amor como el mío; pero, ¿no imagináis que este mismo amor gime al verse tan mal recompensado, o mejor dicho, tratado tan cruelmente por una ingrata y despiadada amante…?

Me interrumpió, exclamando:

—Deteneos, querido mío, inútil es atormentarme con lamentos, que siendo vuestros me parten el corazón. Comprendo lo que os ofende. Había esperado que consintierais en el proyecto concebido para reparar un tanto nuestra fortuna, y temerosa de ofender vuestra delicadeza, había comenzado a llevarlo a cabo sin vuestro consentimiento; pero renuncio a él, puesto que lo reprobáis.

Añadió que sólo me suplicaba alguna complacencia para el resto del día; que había ya recibido doscientos doblones de su viejo amante, quien había prometido traerle por la noche un hermoso collar de perlas, con otras alhajas y, además, la mitad de la pensión anual que la tenía señalada.

—Dejadme solamente el tiempo –me dijo–, de recibir estos presentes; os juro que no podrá vanagloriarse de mis favores, aplazados por ahora hasta nuestra permanencia en la ciudad. Es cierto que me ha dado más de un millón de besos en las manos; es muy justo que pague este placer y cinco o seis mil francos no será demasiado, si se consideran sus años y sus riquezas.

Esta decisión me agradó más que la esperanza de los cinco mil francos. Conocí que el honor no se había extinguido por completo en mi corazón, pues, tan satisfecho se hallaba de verse libre de la infamia; pero yo había nacido para los breves placeres y los largos dolores. La fortuna no me salvó de un precipicio, sino para arrojarme a otro. Cuando con mil caricias hube demostrado a Manon cuán venturoso me creía con su cambio de conducta, le dije que era preciso instruir de él al señor Lescaut, con objeto de obrar acordes. Al principio puso objeciones, mas las cuatro o cinco mil libras contantes y sonantes, le hicieron entrar alegremente en razón. Se convino, pues, en que todos cenaríamos con el señor de G*** M***, y esto por dos motivos: uno, para proporcionarnos la diversión de una escena agradable al hacerme pasar por un estudiante, hermano de Manon; otro, para impedir al viejo libertino que se tomase sobradas confianzas con mi amante, apoyado en los derechos que había adquirido sobre ella, pagándola tan pródigamente y por adelantado. Lescaut y yo debíamos retirarnos en cuanto subiese a la habitación en donde pensaba pasar la noche, y Manon, en lugar de seguirle, nos prometió salir y venirla a pasar conmigo. Lescaut se encargó de tener preparado un carruaje a la puerta. Llegada la hora de la cena, el señor de G*** M*** no se hizo esperar mucho. Lescaut se hallaba en la sala con su hermana. La primera terneza del anciano fue ofrecer a su amada un collar, unos brazaletes y unos pendientes de perlas, que lo menos valían mil escudos. Acto seguido le contó, en hermosos luises de oro, la cantidad de dos mil cuatrocientos francos, que constituían la mitad de la pensión. Sazonó su presente con muchas galanterías al uso de la corte antigua. Manon no pudo rehusarle algunos besos; eran otros tantos derechos, adquiridos sobre el oro que en sus manos depositaba. Yo me hallaba a la puerta oyéndolo todo y esperando a que Lescaut me mandase entrar.

Apenas Manon hubo guardado bajo llave el oro y las alhajas, vino Lescaut a tomarme de la mano y, acompañándome hacia el señor de G*** M***, me ordenó hacerle acatamiento. Le hice dos o tres reverencias de las más profundas.

—Perdonad, señor –le dijo Lescaut–, es un muchacho muy inexperto. Como veis, dista mucho de poseer las maneras parisienses; pero esperamos que aprenda con la costumbre. Tendréis el honor de ver por aquí con frecuencia a este caballero –añadió, dirigiéndose a mí–, procurad aprovechar un modelo tan excelente.

Al viejo amante pareció gustarle mi presencia. Me dio dos o tres golpecitos en la mejilla, diciendo que yo era un lindo muchacho, pero que era preciso ir con mucho cuidado en París, en donde los jóvenes son fácilmente arrastrados al desenfreno. Lescaut le aseguró que yo era tan juicioso por naturaleza, que no hablaba sino de ser sacerdote, y que mi única diversión consistía en hacer capillitas.

—Se parece a Manon –prosiguió el anciano.

Yo contesté con aire estúpido:

—Señor, es que nuestras dos carnes se tocan muy de cerca; por lo tanto, quiero a mi hermana como a otro yo.

—¿Oís? –le dijo a Lescaut–; no es tonto. Lástima que este muchacho no tenga un poco más de mundo.

—¡Oh, señor!, he visto mucho en nuestras iglesias, y creo que en París hallaréis tontos mayores que yo.

—Ya lo veis –añadió–, eso es admirable en un muchacho provinciano.

Durante la cena, toda nuestra conversación fue, poco más o menos, por el mismo estilo. Manon, que tenía buen humor, varias veces estuvo a punto de echarlo todo a perder con sus carcajadas. Cuando hallé ocasión de referirle su propia historia y la mala suerte que le amenazaba. Lescaut y Manon temblaban durante mi narración, sobre todo, cuando le retrataba al natural, pero el amor propio le impidió conocerse a sí mismo, y terminé el relato con tal habilidad, que él fue el primero en hallarle muy chistoso. Veréis que no sin motivo he detallado esta ridícula escena. Próxima ya la hora de dormir, habló el viejo de amor y de impaciencia. Lescaut y yo nos retiramos. Se le acompañó a su cuarto y Manon, dando por pretexto una necesidad, vino a reunirse con nosotros a la puerta. El carruaje que nos esperaba tres o cuatro casas más abajo, se adelantó para recibirnos. En un momento nos alejamos del barrio.

Aunque a mis propios ojos semejante acción fuese una verdadera bribonada, otras más injustas creía tener que reprocharme. Me causaba más escrúpulo el dinero adquirido en el juego. Sin embargo, no aprovechamos el uno mejor que el otro, y el cielo permitió que la más leve de estas dos injusticias fuese la más rigurosamente castigada.

El señor de G*** M*** tardó poco en darse cuenta de que nos habíamos burlado de él. Ignoro si aquella misma noche dio algunos pasos para descubrir nuestro paradero; pero tuvo bastante influencia para no darlos por mucho tiempo inútilmente, y fuimos nosotros bastante imprudentes para fiar demasiado de la extensión de París y de la distancia entre su barrio y el nuestro. No sólo se informó de nuestro domicilio y actuales asuntos, sino que igualmente supo quién era yo, la vida que llevaba en París, las anteriores relaciones de Manon con el señor de B***, la manera que aquélla había tenido de engañarle, en una palabra, todos los hechos escandalosos de nuestra historia. Resolvió mandarnos prender y tratarnos poco menos que como criminales; como libertinos redomados. Nos hallábamos aún acostados, cuando entró en nuestra habitación un oficial de policía con media docena de guardias. Inmediatamente se apoderaron de nuestro dinero, del del señor de G*** M*** mejor dicho, y obligándonos bruscamente a levantarnos, nos condujeron hasta la puerta, en donde encontramos dos carruajes; en uno de los cuales, sin más explicaciones, se llevaron a la pobre Manon, y yo fui conducido en el otro hasta San Lázaro. Es necesario haber sufrido tales reveses para comprender mi desesperación. Nuestros guardias tuvieron la crueldad de no permitirme abrazar a Manan, ni dirigirle la palabra. Durante mucho tiempo ignoré qué había sido de ella. Fue una fortuna para mí no saberlo antes, porque tan terrible catástrofe me hubiera dejado sin sentido y tal vez sin vida.

Mi desgraciada amante fue, pues, arrebatada de mis brazos y conducida a un asilo que no nombro sin horror. ¡Qué suerte la de una criatura tan encantadora, que hubiese ocupado el primer trono del mundo, si todos los hombres la hubieran visto con mis ojos y poseído mi corazón! Allí no le dieron bárbaros tratamientos; pero la encerraron en una estrecha cárcel, sola y condenada a desempeñar todos los días un trabajo señalado, como condición necesaria para obtener algún desabrido alimento. No supe nada de esto hasta mucho tiempo después, cuando yo mismo hube sufrido por espacio de varios meses una dura y enojosa penitencia. Como quiera que tampoco mis guardias me advirtieron el lugar adonde tenían orden de conducirme, no pude saber de mi destino hasta la puerta de San Lázaro. Entonces, hubiera preferido la muerte al estado a que creía verme reducido; tenía formado de esta casa un horrible concepto. Mi terror aumentó, cuando al entrar los guardias por segunda vez, registraron mis bolsillos, para asegurarse de que no me quedaban armas, ni medios de defensa. El superior se presentó al instante; se le había prevenido de mi llegada. Me saludó con mucha dulzura.

—Padre mío –le dije–, nada de indignidades; perderé la vida antes que sufrir una sola.

—No, no, caballero –me respondió–, observaréis una conducta juiciosa y quedaremos contentos uno y otro.

Me suplicó que subiese a una habitación muy alta. Le seguí sin resistencia. Los arqueros nos acompañaron hasta la puerta, y el superior entró por ella y les hizo seña de que se retirasen.

—Conque ¿soy vuestro prisionero? –le dije–. Y bien, padre mío, ¿qué es lo que pretendéis hacer de mí?

Me contestó que estaba maravillado de oírme hablar con tanto juicio, que su deber consistiría en inspirarme afición a la virtud y a la religión, y el mío en aprovechar sus exhortaciones y consejos; que por poco que yo correspondiese a las atenciones que observaría conmigo, hallaría placer en mi soledad.

—¡Ah, placer! –proseguí–. Ignoráis, padre mío, el único objeto capaz de causármelo.

—Lo sé –continuó–, pero espero que cambie vuestra inclinación.

Tal respuesta me dio a entender que conocía mis aventuras, y tal vez mi nombre Le supliqué me diera explicaciones. Sinceramente, me declaró que le habían informado de todo.

Esta certidumbre fue el más duro de todos los castigos.

Vertí un raudal de lágrimas, como señal de mi desesperación. No hallaba consuelo al sufrir humillaciones que me harían la comidilla de todos mis conocidos, y labrarían la vergüenza de mi familia. Pasé ocho días en el más profundo abatimiento, sin sentirme capaz de oír una palabra, ni de ocuparme más que de mi afrenta. El mismo recuerdo de Manon en nada aumentaba mi pena. Por lo menos, no figuraba sino como un sentimiento anterior a ella, y las pasiones dominantes de mi alma eran la vergüenza y la confusión. Pocas personas conocen la fuerza de estos movimientos particulares del corazón. La mayor parte de los hombres sienten sólo cinco o seis pasiones, en cuyo círculo pasan la vida. Quitadles el amor y el odio, el placer y el dolor, la esperanza y el miedo, y ya nada sentirán. Pero las personas de más noble carácter son susceptibles de mil emociones diversas; parece que poseen más de cinco sentidos, y que pueden recibir ideas y sensaciones que traspasan los límites ordinarios de la naturaleza. Como tienen conciencia de esta grandeza que las eleva sobre el vulgo, nada hay de que estén más celosas. De ahí que sufran con tanta impaciencia el desprecio y la burla, y sea la vergüenza lo que más violentamente las agita.

San Lázaro me ofrecía esta triste ventaja. Mi tristeza pareció tan excesiva al superior, que temiendo los resultados, procuró tratarme con mucha más indulgencia y dulzura. Me hacía diariamente dos o tres visitas, y con frecuencia me llevaba consigo a dar una vuelta por el jardín. Su celo se agotaba en exhortaciones y advertencias saludables. Yo las recibía con dulzura, y lo que es más, manifestaba agradecerlas. Esto le alegraba y le hacía esperar mi conversión.

—Poseéis un carácter tan dulce y tan amable –me dijo un día–, que no alcanzo a comprender los desórdenes de que se os acusa. Dos cosas me admiran: una, cómo con tan bellas cualidades habéis podido entregaros a los excesos del libertinaje; otra, y es la que más me extraña, cómo recibís con tanta docilidad mis consejos y mis instrucciones, habiendo vivido algunos años familiarizado con el desenfreno. Si se debe al arrepentimiento, sois un ejemplo singular de la misericordia divina; si se debe a bondad natural, tenéis, al menos en el fondo, un carácter excelente, que me hace concebir la esperanza de que no tendremos necesidad de reteneros aquí por mucho tiempo, para atraeros a una existencia honrada y juiciosa.

Asombrado de la opinión que le merecía, decidí confirmarla con una conducta irreprochable, persuadido de que tal era el medio más seguro de abreviar mi cautiverio. Le pedí libros. Le sorprendió que habiendo dejado a mi gusto la elección, me decidiera por algunos autores serios. Fingí aplicarme profundamente al estudio, y no perdoné ocasión de darle las pruebas que deseaba.

Mi tranquilidad era solamente exterior. Con vergüenza debo confesarlo; yo representaba en San Lázaro el papel de un consumado hipócrita. En vez de estudiar, cuando me hallaba solo, no hacía sino lamentarme de mi destino. Maldecía mi cautiverio y la tiranía que a sufrirlo me obligaba. Apenas tuve algún descanso del desaliento en que me había arrojado la confusión, cuando caí de nuevo en los tormentos del amor. La ausencia de Manon, la ignorancia de su paradero, el temor de no volverla a ver, era el único objeto de mis tristes meditaciones. Me la figuraba en los brazos de G*** M***, porque tal era el pensamiento que desde un principio había concebido, y lejos de imaginar que se le hubiera dado un tratamiento parecido al mío, estaba en la persuasión de que el viejo había procurado alejarme de ella para poseerla con mayor tranquilidad. En esta incertidumbre pasé días que me parecieron eternos. No abrigaba más esperanza que el buen éxito de mi hipocresía. Observaba cuidadosamente el rostro y las palabras del superior, para asegurarme de lo que pensaba de mí, y estudiaba el modo de agradarle, como el árbitro de mi destino. Fácil me fue conocer que yo era santo de su devoción, y desde entonces no dudé de que se hallaría dispuesto a servirme. Un día tuve la audacia de preguntarle si dependía de él mi libertad. Me dijo que en absoluto era dueño de concedérmela; pero que no desesperaba de que a sus ruegos accediese a devolvérmela el señor de G*** M***, a cuyas instancias me había mandado encerrar el inspector general de policía.

—¿Puedo esperar –proseguí, con dulzura–, que dos meses de encierro ya sufridos, le parezcan suficiente expiación?

Me prometió hablarle de ello, si así lo deseaba. Encarecidamente, le rogué diera este paso en mi favor. Dos días después puso en mi conocimiento que el señor de G*** M*** se había conmovido tanto, oyendo hablar favorablemente de mí, que no sólo parecía dispuesto a concederme la libertad, sino que había manifestado muchos deseos de conocerme más de cerca, y se proponía visitarme en mi encierro. Aunque no podía agradarme su visita, la deseé por necesaria.

Vino, en efecto, a San Lázaro. Me pareció más grave y menos tonto de lo que me había parecido en casa de Manon. Me hizo algunas reflexiones acertadas acerca de mi mala conducta. Para justificar en apariencia sus propios desórdenes, añadió que era permitido a la debilidad humana procurarse ciertos placeres que la naturaleza exige, pero que la bribonería y los amaños vergonzosos merecían castigarse. Le escuché con aire sumiso, que pareció de su agrado. Ni siquiera me ofendí al oírle usar de algunas chanzas referente a mi fraternidad con Lescaut y Manon, y a las capillitas, de las que, según me dijo, daba, por supuesto, que habría hecho un gran número en San Lázaro, pues que tanto me agradaba esta piadosa ocupación. Desgraciadamente para los dos, se le escapó decir que Manon, sin duda, las estaría también haciendo muy bonitas en el hospital. A pesar del temblor que esta palabra me causó, todavía tuve sobre mí mismo el bastante dominio para suplicarle, con dulzura, que se explicara.

—Sí –prosiguió–, lleva dos meses de corrección en el Hospital General y deseo que haya sacado de él tanto provecho como vos de San Lázaro.

Ni teniendo presente ante mis ojos un cautiverio eterno similar a la muerte misma, hubiera sido dueño de mí al escuchar tan horrible noticia. Me arrojé sobre él, con tan indescriptible rabia, que perdí la mitad de mis fuerzas. Tuve, no obstante, las suficientes para derribarle en tierra y asirle de la garganta. Le estaba estrangulando ya, cuando el ruido de su caída y algunos gritos agudos, que con trabajo pudo exhalar, atrajeron al superior y a varios religiosos, que le arrancaron de mis manos. Yo mismo había perdido casi el vigor y el aliento.

—¡Oh, Dios! –exclamaba, exhalando mil suspiros–, justicia del cielo, debo vivir un instante más, después de tal infamia!

Intenté arrojarme sobre el bárbaro que acababa de atormentarme, pero lo impidieron. Mi desesperación, mis gritos y mis lágrimas, superaban a todo lo imaginable. Hice cosas tan extraordinarias, que todos los asistentes, ignorando la causa que a ello me impelía, se miraban unos a otros con tanto horror como sorpresa. Entre tanto, el señor de G*** M*** procuraba arreglar su peluca y su corbata, y con el despecho de verse tan maltratado, ordenaba al superior que me encerrara más que nunca y me aplicara todos los castigos que, como es sabido, se usan en San Lázaro.

—No, señor –le dijo el superior–; con una persona de la cuna de este joven, no usamos tales tratamientos. Además, suele ser tan dócil y sumiso, que no puedo comprender que se haya entregado a ese arrebato, sin que lo justifiquen sólidas razones.

Esta contestación acabó de desconcertar al señor de G*** M***, que salió diciendo que sabría humillar al superior, a mí y a todos cuantos osaran resistirle.

El superior, después de ordenar a los religiosos que le acompañaran, quedó solo conmigo. Me conjuró a manifestarle inmediatamente el motivo de semejante desorden.

—¡Oh, padre mío! –le dije, llorando como un niño–, figuraos la más horrible crueldad, imaginad la más detestable de las barbaries, tal es la acción que el indigno G*** M*** ha tenido la cobardía de cometer. ¡Oh, me ha partido el corazón! Jamás se cerrará esta herida. Quiero referíroslo todo –añadí, sollozando–. Vos sois bueno y tendréis piedad de mí.

Le referí a grandes rasgos mi fuerte e insuperable pasión por Manon, nuestra fortuna floreciente, antes de que nos despojasen nuestros propios criados; los ofrecimientos de G*** M*** a mi amante; la venta de ésta y su resultado. En honor de la verdad, le presenté los sucesos por el lado más favorable a nosotros.

—He ahí –continué–, el origen del celo que G*** M*** ha desplegado para mi conversión. Ha tenido influencia para mandarme encerrar aquí y satisfacer su venganza. Yo se lo perdono ¡pero, padre mío, hay más aún: ha hecho arrebatar cruelmente a la más adorable mitad de mi ser; la ha mandado meter vergonzosamente en el Hospital, y ha cometido la imprudencia de anunciármelo hoy con sus propios labios. ¡En el Hospital, padre mío! ¡Oh, cielos, en el Hospital mi encantadora amante, en el Hospital mi adorada reina, como la más infame de las criaturas…! ¿En dónde hallaré fuerzas para no morir de dolor y de vergüenza…?

El buen padre, viéndome tan afligido, procuró consolarme. Me dijo que jamás había comprendido mi aventura tal como yo se la acababa de referir; había sabido que yo vivía entregado al libertinaje, pero se figuraba que algunas relaciones de estimación y amistad por mi familia, habían obligado al señor de G*** M*** a tomarse tal interés; que sólo así lo había comprendido y que cuanto acababa yo de manifestarle, modificaría en gran manera la marcha de mis asuntos, de tal modo, que la fiel relación que de ellos pensaba hacer al señor inspector general de policía, contribuiría a acelerar mi libertad. En seguida me preguntó por qué no había pensado aún en escribir a mi familia, cuando ella, en realidad, no tenía la culpa de mi cautiverio. Contesté a esta objeción con algunas razones, fundadas en el dolor que temía causar a mi padre, y mi propia vergüenza al verificarlo. Finalmente, me prometió ir él en persona a visitar al inspector general de policía.

—Haré esto –añadió–, aunque no sea más que para prevenir la ulterior conducta del señor de G*** M***, que ha salido muy poco satisfecho de esta casa y posee influencia bastante para hacerse temer.

Esperé la vuelta del padre con toda la agitación de un desventurado, próximo a oír su sentencia. Era para mí un suplicio inexplicable figurarme a Manon en el Hospital. Además de la infamia que llevaba consigo semejante casa, ignoraba de qué modo se la trataba en ella; y el recuerdo de algunos detalles oídos acerca de esta mansión de horror, renovaba a cada instante mis arrebatos. Estaba tan resuelto a socorrerla a todo trance, que hubiera pegado fuego a San Lázaro, en la imposibilidad de escaparme de otro modo. Reflexioné, pues, acerca del partido que debía tomar, si el inspector general de policía se obstinaba en negarme la libertad. Torturé mi ingenio y recurrí a todas las posibilidades. Nada descubrí capaz de asegurarme una evasión. Temía que una tentativa desgraciada redoblara mi prisión. Recordé los nombres de algunos amigos capaces de auxiliarme; pero, ¿cómo comunicarles mi situación? Al fin, creí haber fraguado un plan susceptible de feliz éxito, y aplacé su realización hasta la vuelta del padre superior, por si la inutilidad de sus gestiones lo hacía necesario. Tardó poco en regresar. No me pareció notar en su semblante las señales de satisfacción anunciadoras de una buena noticia.

—He hablado –me dijo–, con el inspector general de policía, pero ya era tarde. El señor de G*** M*** ha ido a verle al salir de aquí, y le ha prevenido de tal modo en contra vuestra, que pensaba comunicarme nuevas órdenes para teneros más sujeto. No obstante, al informarle de la verdad de nuestros asuntos, ha parecido suavizarse mucho, y burlándose un tanto de la incontinencia de G*** M***, me ha dicho que, por lo menos, y para satisfacción del viejo, es necesario reteneros aquí otros seis meses. Me ha encargado que os trate con decoro y puedo aseguraros que no os quejaréis de mi comportamiento.

Esta explicación del buen superior fue bastante extensa para darme tiempo de hacer una cuerda reflexión. Comprendí que me expondría a dar al traste con mi proyecto, si le apremiaba demasiado por conseguir mi libertad e, hipócritamente, me limité a contestarle que en la necesidad de permanecer allí, sería para mí un dulce consuelo haber merecido, en parte, su estimación. Le supliqué en seguida que me otorgase un favor de poca importancia, y que había de contribuir en gran manera a devolverme la tranquilidad: consistía en avisar a un amigo mío, a un santo eclesiástico, residente en San Sulpicio, mi detención en San Lázaro, y permitirle que me hiciera algunas visitas. Esta petición me fue concedida al momento. El amigo que yo deseaba ver era Tiberge, no porque de él esperase la libertad, sino porque quería hacerle mi instrumento, sin que él lo sospechase. Mi plan estaba reducido a escribir a Lescaut y confiarle a él y a nuestros amigos, el encargo de salvarme. La primera dificultad consistía en hacer llegar a sus manos una carta; tal debía ser la misión de Tiberge. Temía, sin embargo, que Lescaut se negase a ayudarme. Pensaba incluir mi carta a Lescaut en otra carta, que dirigía a un hombre honrado y conocido mío, suplicándole que enviase, sin pérdida de tiempo, la primera a su destino; y siéndome necesario ver a Lescaut para ponernos de acuerdo, quería indicarle que se presentase en San Lázaro y solicitara verme, fingiéndose mi hermano mayor, venido a París con el propósito de enterarse de mis asuntos. Aplacé hasta poder hablar con él el examen de los medios de que habríamos de valernos para realizar mi plan. El padre superior mandó poner en conocimiento de Tiberge mi deseo de verle. Este fiel amigo no me había perdido de vista, tanto que ignorase mi aventura; sabía que me hallaba en San Lázaro, y tal vez se alegraba de mi desgracia por creerla capaz de atraerme al camino del deber. Se presentó inmediatamente en mi encierro.

La amistad hizo tierna y conmovedora aquella entrevista. Tiberge quiso informarse del estado de mi alma. Le abrí mi corazón sin reserva. Sólo le oculté mi plan de fuga. «A vuestros ojos, querido amigo, le dije, quiero aparecer tal como soy. Si habéis creído hallar aquí un amigo juicioso y moderado en sus aspiraciones, un libertino a quien despierta el castigo del cielo; en una palabra, un corazón sin amor e insensible a los encantos de Manon, me habéis favorecido mucho al juzgarme. Volvéis a verme tal como hace cuatro meses me dejasteis, siempre tierno, desgraciado siempre, con esa fatal ternura de la que no me canso de esperar mi felicidad».

Me contestó que mi declaración no admitía la menor disculpa; que muchos pecadores se encenagaban en la falsa ventura del vicio, hasta preferirla a los placeres de la virtud; pero que, al menos, se forjaban tan dulces ilusiones, que eran, al fin, más que otra cosa, un juguete de las apariencias: mas reconocer, como yo reconocía, que el objeto de mis aficiones no podía sino hacerme culpable y desgraciado, y continuar precipitándome voluntariamente en el infortunio y el crimen, era una contradicción de ideas y de conducta que acreditaba poco mi razón.

—Tiberge –le dije–, cuán fácil os es vencer sin enemigos a quienes combatir...! Dejadme argumentar a mí. ¿Podéis pretender que eso que llamáis el placer de la virtud se halle exento de penas, de contrariedades e inquietudes? ¿Qué nombre daréis a las prisiones, a las cruces, a los suplicios y a las torturas de los tiranos? ¿Diréis, como dice la gente mística, que los tormentos corporales son el placer del alma? No os atreveríais a afirmarlo, es una paradoja insostenible. Esa ventura que tanto exaltáis se halla, pues, amargada por mil penas, o más exactamente, es sólo un tejido de dolores: a través de los cuales suele buscarse la felicidad. Pues bien: si la imaginación halla placer en esos mismos males, porque espera que la lleven a un término feliz, ¿cómo tratáis de insensata y contradictoria en mi conducta una disposición enteramente parecida? Amo a Manon a través de mil dolores; aspiro a vivir dichoso y tranquilo al lado de ella. La senda es áspera, pero sin cesar la suaviza la esperanza de llegar a su término, y un momento de estar a su lado me resarciría sobradamente de todas las penas sufridas para obtenerlo. Todo me parece igual por ambas partes, y si resulta alguna diferencia, es en favor mío, porque la ventura que yo espero es inmediata y la otra lejana; la mía pertenece a la naturaleza de las penas, esto es, sensible al cuerpo, y la otra pertenece a una naturaleza desconocida, sin más certidumbre que la fe.

Asustó a Tiberge este razonamiento. Retrocedió dos pasos y me respondió con mayor gravedad que, no sólo lo que acababa de decir ofendía al buen recuerdo, sino que era un desdichado lleno de impiedad e irreligión.

—Esa comparación –añadió–, entre el término de vuestras penas y el término propuesto por la religión, es la más monstruosa y libertina de las ideas.

—Confieso –repuse–, que no es exacta, pero advertid que no es ella el objeto de mi lógica. He intentado explicar lo que vos llamáis una contradicción en la perseverancia de un amor infeliz, y creo haber demostrado que si, en efecto, lo es, no faltan tampoco de esas contradicciones en vuestras teorías. Sólo bajo este punto de vista he sentado como iguales nuestras situaciones. ¿Me objetaréis que el fin de la virtud es infinitamente superior al del amor? Convengo en ello; pero ¿se trata de eso por ventura? ¿No se trata de la fuerza que tienen uno y otro para ayudarnos a soportar las penas? Examinemos los efectos y ¡cuántos desertores no hallaréis de la severa virtud y qué pocos, en cambio, del amor...! Me objetaréis todavía que si se encuentran penas en el ejercicio del bien, no son ineludibles ni necesarias; que no existen ya cruces ni tiranos y que vemos a un gran número de personas virtuosas llevar una vida apacible y tranquila... Os contestaré entonces que existen amores pacíficos y afortunados; y aun algo que constituye una diferencia sumamente ventajosa para mí, añadiré que el amor, si bien nos engaña con frecuencia, no produce sino satisfacciones y deleites, al paso que la religión exige que nos atengamos a tristes y mortificantes ejercicios. No os alarméis –proseguí, viéndole pronto a incomodarse–. Lo único que trato de demostrar es que no existe peor sistema, para apartar a un corazón del amor, que el de describirle sus dulzuras y prometérselas más perfectas en el ejercicio de la virtud. Dada nuestra organización, es innegable que nuestra felicidad depende del placer; desafío a que me prueben lo contrario; no es necesario consultar por mucho tiempo al corazón para convencerse de que los placeres más dulces son los del amor. Se apercibe del engaño desde el momento en que, fuera del amor, se le aseguran placeres más perfectos, y este engaño le predispone a desconfiar de las más sólidas promesas. Predicadores que intentáis atraerme a la virtud, decidme que es indispensablemente necesaria, mas no me ocultéis que es penosa y severa. Dad por bien sentado que las delicias del amor son pasajeras, que nos están prohibidas, que eternos penas las seguirán, y, cosa que tal vez habrá de impresionarme más aún, que cuanto más dulces y encantadoras son, tanto más pródigo habrá de ser el cielo al recompensarnos, por el inmenso sacrificio de renunciar a ellas; pero confesad, al menos, que con corazones como los nuestros, constituyen en la tierra nuestro más perfecto bienestar.

Esta conclusión de mi discurso devolvió a Tiberge su buen humor. Afirmó que había algo razonable en mis ideas. No añadió más objeción que la de preguntarme por qué no me atenía, al menos, a mis propios principios, sacrificando mi amor a la esperanza de esa remuneración que tan elevado concepto me merecía.

—¡Oh, querido amigo –le respondí–, precisamente en eso reconozco mi miseria y mi flaqueza...! ¡Ay, sí! Con arreglo a la razón, mi deber es obrar; pero ¿depende de mí observar esta conducta? ¿De qué ayuda no necesitaría para olvidar los hechizos de Manon...?

—Dios me perdone –exclamó Tiberge–; creo ver en vos un jansenista más.

—Yo no sé lo que soy –le repliqué–, ni veo con claridad lo que debiera ser; pero sobradamente experimento la verdad de sus doctrinas.

Esta controversia sirvió, al menos, para excitar la compasión de mi amigo. Comprendió que había más flaqueza que maldad en mi libertinaje. En lo sucesivo, su amistad estuvo más dispuesta a prodigarme auxilios, sin los cuales hubiera perecido de miseria. A pesar de esto, no me decidí a confiarle que pensaba evadirme de San Lázaro. Sólo le rogué que se encargara de mi carta; la había escrito antes de su visita y no me faltaron pretextos para dar verosimilitud a la necesidad en que me hallaba de hacerla llegar a su destino. Tuvo la fidelidad de enviarla puntualmente, y Lescaut recibió la suya el mismo día.

Al siguiente estuvo a verme, y pasó sin dificultad, con el nombre de mi hermano. Cuando le vi entrar, mi alegría fue extraordinaria. Cerré la puerta cuidadosamente. «No perdamos un momento, le dije; ante todo, dadme noticias de Manon y en seguida un buen consejo, para romper estas cadenas». Me aseguró que no había visto a su hermana desde el día anterior al de mi prisión; que sólo a fuerza de averiguaciones y cuidados había conseguido enterarse del destino de los dos, y que se había presentado en el Hospital dos o tres veces; pero se le había negado el permiso de hablar con ella.

—¡Desgraciado G*** M***! –exclamé–, ¡tiembla ante mi venganza!

—En cuanto a lo de conseguir vuestra libertad –continuó Lescaut–, es empresa más difícil de lo que suponéis. Anoche, con dos amigos míos, pasé con objeto de observar el exterior de esta casa, y juzgamos que dando vuestras ventanas a un patio rodeado de edificios, ha de ser muy difícil vuestra evasión. Además, habitáis el tercer piso y no podemos introducir aquí cuerdas, ni escalas. No veo, pues, ningún recurso desde fuera. Convendría buscar algún medio en la misma casa.

—No lo hay –contesté–. Lo he examinado todo minuciosamente desde que, gracias a la indulgencia del superior, mi cautiverio es un tanto menos riguroso. La puerta de mi habitación no se cierra ya con llave; soy libre de pasearme por los corredores de los religiosos, pero todas las escaleras se hallan interceptadas por sólidas puertas que se tiene buen cuidado de cerrar de noche y de día, y hacen completamente inútil mi destreza. Esperad –continué, después de reflexionar un poco acerca de una idea que me pareció excelente–. ¿Podríais traerme una pistola...?

—Es cosa fácil –me dijo Lescaut–; pero, ¿intentáis matar a alguien...?

Le aseguré que tenía tan pocos deseos de matar a nadie, que ni siquiera era necesario que me la entregase cargada.

—Traédmela mañana –proseguí–, y no dejéis de estar, con dos o tres amigos nuestros, a las once de la noche, a la puerta de esta casa; confío poder reunirme con vosotros.

En vano trató de averiguar más. Un golpe, tal como yo lo meditaba, no podía parecer razonable, sino después del éxito. Le aconsejé que abreviara la visita, con objeto de que le fuera más fácil volver a verme al día siguiente. Fue admitido con tanta facilidad como la primera vez. Su aspecto era grave y todos le hubieran creído un hombre de honor.

Cuando vi en mi poder el instrumento de mi libertad, apenas dudé ya del éxito de mi empresa. Esta era extravagante y atrevida; pero, ¿de qué no me sentía capaz en vista de los motivos que me animaban...? Desde que se me permitía salir de mi habitación y pasearme por los corredores, había observado que el portero llevaba cada noche las llaves de todas las puertas al superior, y luego reinaba en la casa un silencio profundo, prueba de que todo el mundo se había ya recogido. Por un corredor podía ir sin obstáculo, desde mi cuarto al del padre superior. Mi plan consistía en arrebatarle las llaves, asustándole con mi pistola si se resistía a dármelas, y servirme de ellas para ganar la calle. Aguardé el momento con impaciencia. El portero vino a la hora de costumbre, esto es, un poco más tarde de las nueve. Dejé todavía transcurrir una hora, para asegurarme de que dormían todos los religiosos y todos los criados. Salí, por fin, con mi pistola y una vela encendida. Llamé con suavidad a la puerta del cuarto del superior, para despertarle sin ruido. Me oyó al segundo golpe, y creyendo sin duda que era algún religioso indispuesto que venía en demanda de auxilio, se levantó a abrirme. Tuvo, no obstante, la precaución de preguntar por la rendija de la puerta quién era y qué es lo que deseaba de él.

Me vi obligado a nombrarme, pero fingí un acento plañidero, para darle a entender que me sentía mal.

—¡Ah!, ¿sois vos, hijo mío…? –me dijo, abriendo la puerta–; ¿qué es, pues, lo que a estas horas os trae por acá…?

Entré en su habitación, y habiéndole empujado hacia el extremo opuesto a la puerta, le declaré que me era imposible permanecer por más tiempo en San Lázaro; que la noche era a propósito para salir sin ser notado, y que esperaba de su amistad que me abriría las puertas o me prestaría sus llaves para abrirlas yo mismo.

Esta cortesía debió sorprenderle. Permaneció algún tiempo examinándome, sin contestarme. Como no tenía tiempo que perder, tomé de nuevo la palabra para decirle que agradecía mucho sus bondades; pero que siendo la libertad el más precioso de todos los bienes, sobre todo para mí, a quien con tanta injusticia era arrebatada, estaba resuelto a recobrarla aquella misma noche a todo trance; y temiendo que se le antojara levantar la voz para pedir auxilio, le mostré un excelente motivo de silencio que llevaba debajo de mi casaca.

—¡Una pistola! –me dijo–. ¡Cómo, hijo mío, venís a quitarme la vida en pago de mis atenciones!

—No lo quiera Dios –le respondí–. Tenéis sobrado talento y buen juicio para no ponerme en semejante caso; pero codicio la libertad y estoy tan resuelto a obtenerla, que si dejo de triunfar por culpa vuestra, moriréis sin remedio.

—Pero, hijo mío –prosiguió asustado y pálido–, ¿qué os he hecho, qué motivo tenéis para desear mi muerte…?

—No tal –repliqué con impaciencia–; no es mi ánimo mataros ¡si deseáis vivir, abridme la puerta y soy vuestro mejor amigo.

Vi las llaves sobre la mesa, las tomé y le dije que me siguiera, haciendo el menor ruido posible. Se vio obligado a obedecerme. A medida que avanzábamos, y en tanto que abría una puerta, me repetía, suspirando:

—¡Ah, hijo mío, ah, quién lo hubiera creído…!

—Nada de ruido, padre mío –repetía yo a cada momento.

Al fin, llegamos a la puerta que daba a la calle. Me creía ya libre, y me hallaba a espaldas del padre, con la vela en la mano y en la otra la pistola. En tanto el superior se apresuraba a abrir, un criado que dormía en un cuarto inmediato, oyendo algún ruido de cerrojos, se levantó y salió a su puerta. El buen padre le juzgó capaz de detenerme; cometió la imprudencia de llamarle en su auxilio. Era un robusto pícaro que, sin vacilar, se me echó encima. No le guardé la menor consideración y le descargué la pistola en mitad del pecho.

—Mirad a lo que me obligáis, padre mío –dije con arrogancia a mi guía–. No dejéis sin terminar la obra comenzada.

Le empujé hacia la última puerta, y no se atrevió a resistirse a abrirla. Salí felizmente: muy cerca me esperaba Lescaut con dos amigos.

Nos alejamos. Lescaut me dijo que había oído un pistoletazo.

—Vos tenéis la culpa –le dije–, ¿a qué traerme cargada la pistola?

Le agradecí, no obstante, esta precaución, sin la cual hubiera permanecido en San Lázaro por mucho tiempo. Fuimos a pasar la noche a una fonda, en donde me desquite un tanto de las malas comidas de tres meses. A pesar de ello, no pude entregarme a los placeres de la mesa; sufría mortalmente por Manon.

—Es necesario libertarla –decían mis amigos–. No he deseado la libertad sino para este fin. Os pido el auxilio de vuestra destreza; en cuanto a mí, daré hasta la vida por conseguirlo.

Lescaut, que no carecía de talento, me hizo observar que era necesario proceder con mucha cautela, pues, mi evasión de San Lázaro y la desgracia que me había ocurrido a la salida, no dejarían de producir alguna sensación, y el inspector general de policía me mandaría perseguir; que si no quería verme expuesto a algo peor que San Lázaro, era preciso que permaneciese oculto y encerrado durante algunos días, para burlar la primera embestida de mis enemigos. Su consejo era oportuno; pero me faltaba discreción para seguirlo. Tanta lentitud y tantas precauciones se avenían mal con mi pasión. Todo mi asentimiento se redujo a prometer que pasaría durmiendo el día siguiente. Me encerró en su cuarto, y permanecí en él hasta la noche.

Empleé una parte de este tiempo en fraguar proyectos y maneras de auxiliar a Manon. Estaba completamente persuadido de que su prisión era, si cabe, más infranqueable que la mía. No se necesitaba de la fuerza y la violencia, sino de la astucia. La misma diosa de las invenciones no habría sabido por dónde empezar. Hallé tan difícil la solución, que la aplacé hasta adquirir algunos detalles referentes a la disposición interior del Hospital.

Apenas la noche me hubo devuelto la libertad, supliqué a Lescaut que me acompañara. Trabamos conversación con un portero, hombre al parecer de buen sentido. Yo me fingí un extranjero que había oído hablar con admiración del Hospital General y del orden observado en él. Le interrogué acerca de los menores detalles, y de detalle en detalle fuimos a parar a los administradores, de cuyos nombres y cualidades le supliqué me informara. Sus explicaciones sobre este particular, me inspiraron un pensamiento que acepté al instante y no tardé en ejecutarlo. Le pregunté, como una cosa para mí esencial, si tenían hijos esos señores. Me contestó que con seguridad no podía responder a esta pregunta; pero que en cuanto al señor de T***, uno de los principales administradores, él le conocía un hijo casadero, a quien había visto entrar muchas veces acompañado de su padre. No quise saber más, y al poco rato di por terminada la entrevista y volé a participar a Lescaut el proyecto concebido.

—Supongo –le dije–, que el señor de T***, hijo rico y de buena familia, tiene, como la mayor parte de los jóvenes de su edad, alguna afición a los placeres. No puede ser enemigo del bello sexo, ni ridículo hasta el extremo de rehusar sus servicios en un asunto de amor. He concebido el proyecto de interesarle por la libertad de Manon. Si es hombre honrado y de buenos sentimientos, nos prestará generosamente su ayuda, y si no, lo hará con la esperanza de obtener de Manon alguna prueba de cariño. Mañana mismo le veré. Tengo tanta fe en este plan, que no dudo de su éxito.

El mismo Lescaut convino en que eran verosímiles mis suposiciones y en que por este camino podíamos esperar algún resultado. Pasé la noche menos triste.

A la mañana siguiente me vestí con toda la decencia posible, a pesar de la indigencia en que me hallaba; tomé un fiacre[1] y me dirigí a la casa de T***. Se sorprendió ante la visita de un desconocido. Su fisonomía y su educación me parecieron de buen agüero. Naturalmente, le expliqué el asunto, y con objeto de enardecer sus sentimientos naturales, le hablé de mi pasión y del mérito de mi amante, como de dos cosas sólo entre sí comparables. Me contestó que aunque no había visto jamás a Manon, había oído hablar de ella.

—¿No es –me preguntó–, la amante del viejo G*** M***?

Supuse que le habrían informado del papel que yo representaba en esta aventura, y para interesarle más y más, haciendo un mérito de mi confianza, le referí detalladamente cuanto nos había ocurrido a Manon y a mí.

—Ya veis, caballero –proseguí–, que mi vida y mi corazón se hallan en vuestras manos. No comprendo la una sin el otro. Porque conozco vuestra generosidad no tengo secretos para vos. La semejanza de nuestras edades me hace, además, ser tan expansivo.

Esta prueba de franqueza le conmovió mucho. Su contestación fue la de un hombre de mundo y de buenos sentimientos, cosa la última que el mundo no da siempre y con frecuencia gasta. Me dijo que mi visita era una fortuna para él; que consideraba mi amistad como una feliz adquisición y se esforzaría en merecerla por la eficacia de sus servicios. No me prometió devolverme a Manon, porque, según afirmó, no gozaba sino de una influencia mediana y mal asegurada; pero ofreció procurarme el placer de verla y hacer cuanto estuviera a su alcance para depositarla de nuevo entre mis brazos. Esta incertidumbre de su influencia me agradó más que la plena seguridad de satisfacer todos mis deseos. En la moderación de sus ofrecimientos descubrí una prueba de franqueza que me cautivó. En una palabra, lo esperé todo de su buena voluntad. La sólo promesa de hacerme ver a Manon me habría obligado a desafiar por él todos

(1) Coche de punto, simón.

los peligros. Nos abrazamos cariñosamente y quedamos amigos, sin otra razón que la bondad de nuestros corazones y ese sencillo impulso que une a los hombres generosos. T*** llevó mucho más lejos las pruebas de su amistad, pues recordando mis aventuras y juzgando que al salir de San Lázaro debía estar sin fondos, me ofreció su dinero y me instó para que lo aceptara. Lejos de hacerlo, contesté:

—Eso es demasiado, amigo mío. Si con tal bondad y tal afecto conseguís que vea a Manon, soy vuestro para toda la vida. Si me restituís del todo a esa hechicera criatura, toda mi sangre será poca para serviros.

No nos separamos sin convenir la hora y el sitio en que de nuevo debíamos vernos. Tuvo la amabilidad de no aplazar esta nueva entrevista, sino hasta aquella misma tarde. Le aguardé en un café, en donde se reunió conmigo a eso de las cuatro, y juntos nos dirigimos al Hospital. Mis piernas temblaban al atravesar los patios. «¡Oh, poder del amor, me decía, con que volveré a ver al ídolo de mi corazón, al objeto de tantas lágrimas e inquietudes…! ¡Cielos, conservadme la existencia hasta llegar a ella, y disponed luego de mi fortuna y de mis días; no tengo más que pediros!».

El señor T*** habló con algunos conserjes de la casa, quienes se apresuraron a ofrecerle cuanto de ellos dependía. Se hizo indicar el cuarto en donde habitaba Manon, y nos acompañaron a él con una llave de espantosa magnitud. Pregunté al criado que nos acompañaba, y era el encargado de servir a Manon, cómo había pasado ésta el tiempo en aquella casa. Contestó que la pobre joven poseía la dulzura de un ángel; jamás había pronunciado una palabra dura; que había llorado sin cesar durante las seis primeras semanas de cautiverio, pero que desde algún tiempo parecía sufrir con más paciencia su desgracia y se ocupaba en coser desde por la mañana hasta la noche, a excepción de algunas horas que empleaba en la lectura. Le pregunté, además, si se la había tratado con decencia. Me aseguró que no carecía de lo necesario.

Nos acercamos a su puerta. Mi corazón latía violentamente. Dije al señor T***:

—Entrad solo y anunciadle mi visita, pues temo los efectos de una sorpresa.

Cuando abrieron la puerta, permanecí en el pasillo. A pesar de esto, oí la conversación. T*** comunicó a Manon que iba a consolarla; que era amigo mío y se interesaba en gran manera por nuestra felicidad. Ella le preguntó, con la mayor ansiedad, si le daría noticias mías. La prometió conducirme a sus pies tan amante y tan fiel como pudiera desearlo.

—¿Cuándo? –preguntó ella.

—Hoy mismo –le respondió– ¡no se hará esperar ese momento venturoso; al instante va a venir. Manon comprendió que me había quedado a la puerta. Entré y corrí a ella con precipitación. Nos abrazamos con toda la efusión de esa ternura a que da lugar una ausencia de tres meses, cuando se trata de verdaderos enamorados. Nuestros suspiros, nuestras exclamaciones entrecortadas, nuestras palabras de amor, lánguidamente repetidas, enternecieron mucho al señor T***.

—Os envidio –me dijo, haciéndonos tomar asiento–, preferiría a todas las fortunas de la tierra, una amante tan bella y tan apasionada.

—Yo también despreciaría todas las coronas del universo –le respondí–, para asegurarme la felicidad de ser siempre amado por Manon.

El resto de la conversación tan deseada debía ser infinitamente tierno. La pobre me refirió sus aventuras y yo le referí las mías. Lloramos amargamente nuestro estado. El señor T*** nos consoló con nuevas promesas de dedicarse con ardor al alivio de nuestras desventuras. Nos aconsejó no prolongar en exceso esta primera entrevista, para facilitar mejor el medio de procurarnos otras. Le costó mucho hacernos aceptar este consejo. Manon, sobre todo, no podía resolverse a dejarme partir. Cien veces me hizo sentar de nuevo, asiéndome del vestido y de las manos.

—¡Ay de mí, en qué sitio me dejáis...! –decía–. ¿Quién puede asegurarme que volveré a veros?

El señor T*** le prometió visitarla con frecuencia en mi compañía.

—En cuanto al sitio —añadió con galantería—, ya no es el Hospital, sino Versalles, desde que se encierra en él una persona acreedora al imperio de todos los corazones.

A la salida, me permití algunas libertades con el criado que la servía, para comprometerle a prodigar a Manon sus celosos cuidados. Este muchacho poseía un alma menos baja y menos dura que la de sus compañeros. Había presenciado nuestra entrevista. Aquel tierno espectáculo le había impresionado. Le regalé un luis de oro y acabó por serme adicto. Me llamó aparte al bajar a los patios:

—Señor –me dijo–, si queréis tomarme a vuestro servicio, o darme una razonable recompensa, para indemnizarme de la pérdida del empleo que desempeño aquí, creo ha de serme fácil libertar a esa señorita.

Presté oídos a esta proposición, y aun careciendo de todo, le prometí mucho más de lo que podía desear. Contaba con que siempre había de serme fácil recompensar a un hombre de su condición.

—Persuádete, amigo mío –le dije–, de que nada hay que yo no haga por ti y de que tu fortuna se halla tan asegurada como la mía.

Quise saber de qué medios pensaba valerse.

—Ningún otro –me dijo–, que el de abrirle por la noche la puerta de la habitación y conducírosla hasta la puerta de la calle, en donde deberéis encontraros dispuesto a recibirla.

Le pregunté si era de temer que fuese conocida al atravesar los pasillos y los patios. Me confesó que había en ello algún peligro: pero que algo debía arriesgarse. Aunque maravillado de verle tan resuelto, llamé al señor T***, para comunicarle este proyecto y la sola razón capaz de poner en duda el éxito del mismo. Lo halló más difícil que yo. Convino en que podía escaparse de este modo.

—Pero si es conocida –añadió–. Si la detienen en su huida, tal vez se pierda para siempre toda esperanza. Además, sería necesario salir al momento de París, porque en ninguna parte estaríais seguro de las pesquisas de la policía, que se redoblarían, tanto para vos como para ella. Un hombre solo se escapa fácilmente; pero es casi imposible ocultar a una mujer hermosa.

Por acertado que me pareciese este razonamiento, no logró triunfar ante la esperanza inmediata de ver a Manon en libertad. Se lo dije al señor T***, suplicándole perdonara al amor alguna imprudencia y temeridad. Añadí que mi intención era, efectivamente, salir de París para detenerme, como ya lo había hecho otras veces, en alguna población inmediata. Con el criado, pues, convinimos en no demorar la empresa más allá del día siguiente; y para asegurarla en lo posible, resolvimos llevar vestidos de hombre, con objeto de facilitar la salida a Manon. No era fácil introducirlos, mas no dejé de inventar algo con tal objeto. Supliqué al señor T*** que vistiera al día siguiente dos chupas ligeras[1], una encima de otra, y me encargué de todo lo demás.

Por la mañana volvimos al Hospital. Llevaba conmigo, para Manon, ropa blanca, medias, etc., y encima de mi casaca, un gabán, que permitía ocultar los bultos de mis bolsillos. Sólo un momento nos detuvimos en su habitación. El señor T***, dejó allí una de sus dos chupas. Yo entregué a Manon mi casaca. Nada faltó, sino los calzones que por desgracia se me habían olvidado. El olvido de esta prenda necesaria nos hubiera causado risa, a ser menos grave la situación. Yo me desesperaba de que semejante bagatela viniese a entorpecer nuestro proyecto. Tomé, no obstante, mi partido, decidiendo salir yo mismo sin calzones. Dejé los míos a Manon. Mi gabán era muy largo, y con ayuda de algunos alfileres, me puse en disposición de llegar decentemente hasta la puerta. El resto del día me pareció de una duración insoportable. Llegada la noche, nos apostamos en un carruaje, un poco más abajo de la puerta del Hospital. No tardamos en ver aparecer a Manon con su acompañante. La portezuela del coche estaba abierta y al momento subieron ambos. Recibí en brazos a mi idolatrada amante. Temblaba como la hoja en el árbol. El cochero me preguntó adónde debía dirigirse.

—Al fin del mundo –le dije–, llévame a cualquier parte, mientras no vuelva a verme separado de Manon.

(1) Parte del vestido que cubría el cuerpo, con mangas ajustadas y una pequeña faldilla.

Este arrebato, que no fui dueño de contener, estuvo a punto de producir pésimos resultados. El cochero reflexionó sobre mi lenguaje y, cuando a continuación le dije el nombre de la calle adonde deseábamos ser conducidos, me respondió que temía ser complicado en un mal negocio; pues comprendía perfectamente que el hermoso joven, llamado Manon, era una muchacha que yo robaba del Hospital, y que no estaba dispuesto a perderse por mi linda cara. Los escrúpulos de este bribón eran un ardid para hacerme pagar más caro el coche. Nos encontrábamos demasiado cerca del Hospital para entrar en regateos.

—Cállate –le dije–, vas a ganarte un luis de oro. Oídas estas palabras, me hubiera ayudado a pegar fuego al Hospital. Llegamos a la casa en donde habitaba Lescaut. Como era ya tarde, el señor T*** se había separado en el camino de nosotros, prometiendo que nos visitaría al día siguiente; el criado siguió en nuestra compañía.

Yo tenía a Manon tan estrechamente abrazada, que sólo ocupábamos un asiento en el carruaje. Ella lloraba de alegría y yo sentía cómo sus lágrimas bañaban mi rostro. Cuando fue necesario apearnos para entrar en casa de Lescaut, tuve con el cochero otra disputa, cuyas consecuencias fueron funestas. Me arrepentí de haberle prometido un luis, no sólo porque la propina era excesiva, sino por otra razón aún más poderosa: por la imposibilidad de pagarlo. Mandé llamar a Lescaut. Bajó de su cuarto hasta la puerta. Le dije al oído el apuro en que me hallaba. Como estuviese de mal humor, y en modo alguno acostumbrado a andar en fiacre, me respondió que me burlaba.

—¡Un luis de oro! –añadió–, veinte palos a ese bribón.

Consideré conveniente advertirle que iba a perdernos ¡me quitó de las manos el bastón, con ademán de maltratar al cochero. Éste, a quien tal vez había ocurrido en alguna otra ocasión caer en manos de un guardia de corps o de un mosquetero, huyó lleno de miedo con su carruaje, gritando que le había engañado, pero que se la pagaría. En vano le repetí que se detuviera. Su fuga me causó mucha inquietud. No dudaba de que el cochero nos delatara al comisario de policía.

—Me habéis perdido –le dije a Lescaut–, no me considero seguro en vuestra casa; es necesario que nos alejemos en seguida.

Di el brazo a Manon, y sin perder tiempo salimos de la peligrosa calle. Lescaut nos acompañó. Es admirable cómo la Providencia encadena los acontecimientos. Apenas habíamos andado por espacio de cinco o seis minutos, cuando un hombre, cuyo rostro no pude distinguir, conoció a Lescaut. Sin duda le buscaba por las inmediaciones de su casa, con el malaventurado fin que ejecutó.

—Es Lescaut –dijo, descerrajándole un pistoletazo–; esta noche los ángeles le convidan a cenar.

Y desapareció al instante. Lescaut cayó sin vida. Obligué a Manon a huir precipitadamente, porque de nada podía servir a un cadáver nuestro socorro, y yo temía ser detenido por la ronda, que no tardaría en aparecer. Tomamos la primera calle transversal. Manon iba tan desmayada, que me costaba trabajo sostenerla. Por fin, distinguí un fiacre al extremo de la calle. Subimos a él. Pero cuando el cochero me preguntó adónde debía conducirnos, fue notable mi embarazo. No tenía domicilio, ni amigo de confianza a quien acudir. Me encontraba sin dinero, pues llevaba apenas medio doblón en el bolsillo. ¿Qué hacer...? Afortunadamente me acordé de la posada de Chaillot, en donde había pasado antes algunos días con Manon. Esperaba no sólo hallarme allí seguro, sino vivir algún tiempo sin apremio de pagar.

—Llévanos a Chaillot –le dije al cochero.

Rehusó dirigirse allí tan a deshora, si no se le daba un doblón; otro contratiempo. Finalmente, convinimos en que le daría seis francos: era todo mi tesoro.

Durante el viaje consolé a mi amante, procurando ocultar mi desesperación. Mil veces me hubiera dado la muerte, a no estrechar entre mis brazos al único bien que me ligaba a la vida. Sólo este pensamiento calmaba mi delirio.

«Al menos la poseo, me decía, me ama, me pertenece; diga Tiberge lo que quiera, ésta no es una ventura ilusoria. En este momento vería con indiferencia perecer al universo entero; ¿por qué? Porque llevo conmigo cuanto amo».

Este sentimiento era verdadero; sin embargo, mientras así despreciaba los bienes terrenales, no dejaba de comprender que los necesitaba.

Eran las once cuando llegamos a Chaillot. En la posada nos recibieron como personas conocidas. Nadie se sorprendió de ver a Manon en traje de hombre, porque en París y en las cercanías es costumbre ver a las mujeres tomar todas las formas. La hice servir con tanta holgura como si disfrutara la mejor de las fortunas. Ella ignoraba que yo estuviera sin dinero. Yo tuve buen cuidado de no desengañarla y resolví regresar, solo, a París, al día siguiente, con objeto de remediar en lo posible esta especie de enojosa enfermedad.

Durante la cena, Manon me pareció pálida y flaca. En el Hospital no lo había notado, porque la habitación en que la había visto, no era de las más claras. Le pregunté si esa palidez era todavía efecto del susto que había sufrido viendo asesinar a su hermano. Me aseguró que si bien este accidente la trastornaba en gran manera, su palidez no procedía sino de haber pasado tres meses sin verme.

—¿Conque me amas tanto? –le pregunté.

—Mil veces más de lo que podría explicártelo –me respondió.

—De suerte que ya nunca me abandonarás –añadí.

—No, nunca –replicó ella.

Confirmaron esta seguridad tantas caricias y juramentos, que me pareció imposible que jamás pudiera quebrantarlos. Siempre he creído en su sinceridad: ¿a qué fingir hasta tal extremo…? Pero Manon era más voluble todavía, o mejor dicho, no era nada, y ni a sí misma se conocía, cuando en presencia de mujeres que nadaban en la abundancia, se contemplaba pobre y necesitada. Estaba en vísperas de experimentar en este sentido una última prueba que ha sobrepasado a todas las demás, dando origen a la más extraña aventura que jamás haya acontecido a un hombre de mi condición.

Como conocía este defecto de Manon, al día siguiente me apresuré a ir a París. La muerte de su hermano, y la necesidad de ropa blanca y de vestidos para los dos, eran motivos tan poderosos, que no necesité el menor pretexto. Salí de la posada con intención, según dije a Manon y al posadero, de tomar un coche de alquiler, pero esto era sólo un alarde, pues la necesidad me obligaba a ir andando. Fui muy de prisa hasta Cours-la-Reine, en donde había decidido detenerme. Sobrado necesitaba un momento de calma y soledad para combinar y prevenir lo que iba a hacer en París.

Me senté sobre la hierba y me sumergí en un mar de razonamientos y reflexiones, que poco a poco quedaron reducidos a tres artículos principales. Me urgía remediar con prontitud un número infinito de necesidades; debía buscar algún camino que ofreciera esperanzas para el porvenir; y, cosa no menos importante, me veía obligado a tomar informes y medidas para nuestra seguridad. Después de perderme en proyectos y combinaciones sobre estos tres puntos capitales, juzgué todavía conveniente prescindir de los dos últimos. No nos encontrábamos tan inseguros en una habitación de Chaillot; y en cuanto a las necesidades futuras, creía que sería tiempo de pensar en ellas, una vez cubiertas las presentes.

Se trataba, pues, antes que todo, de llenar mi bolsillo. El señor T*** me había ofrecido generosamente el suyo; pero me repugnaba en extremo acudir a este medio. ¡Valiente papel el de ir a exponer mi miseria a un extraño y suplicarle mi participación en su capital! Sólo es capaz de ello un alma vil, cuya bajeza le impide comprender la indignidad del hecho, o bien un cristiano humilde, por un exceso de generosidad que le hace superior a esta vergüenza. Yo no era hombre vil ni buen cristiano, y hubiera dado la mitad de mi vida para evitar semejante humillación. «Tiberge, me decía, el bueno de Tiberge, ¿me negará lo que pueda darme? Imposible, le conmoverá mi miseria, pero me asesinará con su moral. Será preciso, sin embargo, sufrir sus reproches, sus exhortaciones, sus amenazas; me hará pagar tan caros sus favores, que haría cualquier cosa antes que exponerme a esa enojosa escena. ¡Bah!, proseguía, es preciso renunciar a toda esperanza, pues no me queda otro remedio, y me hallo tan lejos de atenerme a estos dos, que vertería la mitad de mi sangre antes que aceptar uno de ellos, más aún, toda mi sangre antes que aceptar los dos juntos. Sí, hasta la última gota de mi sangre» añadí, pasado un momento de reflexión, la daría sin duda con más gusto que prestarme a indignas súplicas. Pero, ¿se trata, por ventura, de mi sangre? Se trata de la vida y los placeres de Manon; se trata de su amor y de su fidelidad. ¿Qué puedo oponer a esto…? Nada he opuesto hasta ahora; ella constituye mi gloria, mi felicidad y mi fortuna. Indudablemente, existen muchas cosas, que para obtenerlas o evitarlas, daría la vida; pero tener una cosa en más que la vida no es motivo para tenerla en más que a Manon». Después de reflexionar así, no tardé en decidirme. Proseguí mi camino, resuelto a ir primero a ver a Tiberge, y de allí a casa del señor T***.

Al entrar en París tomé un fiacre, aun sin tener con qué pagarlo; contaba con el auxilio que iba a solicitar. Me hice llevar al Luxemburgo, desde donde mandé avisar a Tiberge que le esperaba. Con su prontitud satisfizo mi impaciencia. Le expliqué sin rodeos mi falta de recursos. Me preguntó si me bastarían los cien doblones que le había devuelto, y sin oponer la menor dificultad fue por ellos al instante, con esa franqueza y ese placer de dar, propios tan sólo de la amistad y el amor verdaderos. Aun sin haber puesto en duda el éxito de mi demanda, me sorprendió haberla obtenido a tan poco precio, esto es, sin quejas ni reprensiones. Pero me engañaba al creerme completamente libre de los reproches de Tiberge, porque apenas hubo terminado de contar el dinero, y cuando ya me disponía a abandonarle, me suplicó que diese una vuelta con él. Yo no le había hablado de Manon y él ignoraba que ésta se hallara en libertad; de modo que su discurso no versó sino sobre mi fuga de San Lázaro y su temor de que yo, en vez de aprovechar las lecciones recibidas, cayera de nuevo en el libertinaje. Me dijo que, habiendo ido a visitarme a San Lázaro el día siguiente al de mi evasión, no sabía cómo ponderarme el asombro que le produjo saber los medios de que me había valido para salir de allí; que había hablado con el superior y que este buen padre, a pesar de su espanto, había tenido la generosidad de disfrazar al señor inspector general de policía las circunstancias de mi fuga, e impedido que se divulgara la noticia de la muerte del portero, razón ésta por la que nada tenía que temer respecto de esa aventura. Acabó Tiberge diciendo que si me quedaba un átomo de buen sentido, debía aprovechar el giro favorable que el cielo daba a mis asuntos; y empezar por escribir a mi padre, reconciliarme con él, salir de París y volver al seno de mi familia.

Escuché sus palabras hasta el fin. Había en ellas muchas cosas satisfactorias. En primer lugar, me encantó no tener nada que temer por el asunto de San Lázaro: las calles de París estaban libres para mí; en segundo lugar, me regocijo saber que Tiberge no tenía la menor idea de la fuga de Manon, ni de nuestra nueva unión. Por el contrario, noté que evitaba hablarme de ella, creyendo, sin duda, que yo la quería menos, pues me hallaba tan tranquilo sobre este punto. Ya que no regresar al lado de mi familia, resolví escribir a mi padre y asegurarle que estaba decidido a cumplir mis deberes y acatar su voluntad. Mi esperanza consistía en comprometerle a enviarme dinero, con el pretexto de hacer mis exámenes, pues ya me costaría mucho persuadirle de que estaba dispuesto a proseguir mi carrera eclesiástica. En realidad, deseaba dedicarme a alguna profesión honrada y razonable, mientras fuese compatible con mi amor, y me hacía la ilusión de vivir con mi amante y continuar al mismo tiempo mis estudios.

Este pensamiento me satisfizo tanto, que prometí a mi amigo Tiberge escribir a mi padre aquel mismo día. Apenas me separé de él, entré, en efecto, en un escritorio, y escribí una carta tan tierna y tan sumisa, que al repasarla después, no desesperé de obtener algo del corazón paternal.

A pesar de hallarme al separarme de mi amigo en disposición de tomar y pagar un fiacre, me complací en dirigirme orgullosamente a pie a casa del señor T***. Me halagaba este uso de mi libertad, por la cual no debía preocuparme según me había asegurado Tiberge. Sin embargo, de repente, reflexioné que sus seguridades eran sólo referentes a San Lázaro, y que, además, tenía a mi cargo el asunto del Hospital, sin contar la muerte de Lescaut, en la cual me hallaba complicado, al menos como testigo. Esta reflexión me asustó de tal modo, que me detuve en la primera calle y mandé por un fiacre. Me dirigí en él a casa del señor T***, a quien dio que reír mi sobresalto. A mí mismo me pareció risible, cuando me hubo dicho que podía estar tranquilo, tanto en lo referente al Hospital como en lo referente a Lescaut. Me explicó que, por temor de que se pudiera sospechar su complicidad en el rapto de Manon, se había dirigido al Hospital por la mañana, y había solicitado verla, fingiendo ignorar lo sucedido, y estaban en él tan lejos de acusarnos, que se habían apresurado a notificarle lo ocurrido, pues les extrañaba que una joven tan hermosa como Manon, hubiera resuelto escaparse con un criado.

—Yo –añadió–, he contestado que no me sorprendía, pues todo se sacrifica en el mundo por la libertad.

Continuó el señor T*** refiriéndome que desde allí se había dirigido a casa de Lescaut, esperando encontrarme con mi seductora amante, y el dueño de la casa, que era un constructor de carruajes, le había asegurado no habernos visto ni a ella ni a mí, cosa que, según dijo, no le extrañaba, pues debíamos saber ya que Lescaut acababa de ser asesinado. Acerca de este hecho dio al señor T*** los siguientes detalles: Poco más o menos, dos horas antes, un guardia de corps, amigo de Lescaut, había ido a verle y le había invitado a jugar. Lescaut ganó con tal rapidez, que el otro, en una hora, perdió cien escudos, esto es, todo su dinero. Al verse sin un céntimo, suplicó a Lescaut que le prestara la mitad de la suma que acababa de perder. Surgieron sobre el particular algunas dificultades, y los dos amigos disputaron con gran calor. Lescaut rehusó batirse a espada, y el otro, al separarse de él, juró romperle la crisma. La puntualidad con que cumplió su promesa, ya la sabemos. El señor T*** tuvo la bondad de añadir a este relato, que se había inquietado mucho por nosotros y que continuaba ofreciéndome sus servicios. No vacilé en decirle nuestro paradero.

Me suplicó le permitiera cenar en nuestra compañía.

Como no tenía otro quehacer que el de comprar ropa blanca y vestidos para Manon, le dije que podríamos partir al instante, si no era molesto para él entrar conmigo en algunas tiendas. Ignoro si creyó esta proposición un modo de interesar su generosidad, o si fue simplemente un rasgo de la belleza de su alma lo que después hizo. Accedió a mi deseo: me llevó a los comercios proveedores de su casa; me hizo elegir algunas telas mucho más caras de lo que yo las quería, y cuando me dispuse a pagarlas, prohibió absolutamente a los comerciantes que recibieran un céntimo de mis manos. Esta galantería fue llevada a cabo de tal modo, que creí poder aprovecharla sin rubor. Tomamos luego juntos el camino de Chaillot, a donde entré más satisfecho de lo que había salido.

Como había empleado el caballero Des Grieux más de una hora en esta narración, le rogué que tomara algún descanso y nos acompañara a la mesa. Nuestra atención le dio a entender que le habíamos oído con mucho gusto, asegurándonos que hallaríamos todavía mayor interés en la continuación de su historia, y apenas hubimos acabado de cenar, prosiguió en los siguientes términos.

SEGUNDA PARTE

MI presencia y la cortesía del señor T*** acabaron por disipar la tristeza de Manon.

—Olvidemos nuestros pasados temores, alma mía –le dije al llegar–, y comencemos de nuevo a vivir más dichosos que nunca. Después de todo, el amor es un excelente maestro; el destino no podrá causarnos tantas penas como placeres experimentamos.

Nuestra cena fue muy alegre. Con Manon y mis cien doblones, estaba yo más orgulloso y satisfecho que el más rico asentista de París con todos sus tesoros. Las riquezas de cada uno deben contarse por los medios que uno posee para satisfacer sus deseos. Yo los tenía todos satisfechos.

El mismo porvenir no me daba ningún cuidado. Casi tenía la seguridad de que mi padre no se negaría a darme con qué vivir honrosamente en París, porque habiendo yo cumplido los veinte años, tenía derecho a exigir la parte que me correspondía de los bienes de mi difunta madre. No oculté a Manon que mi caudal consistía en cien doblones. Era lo bastante para aguardar tranquilamente mejor fortuna, máxime cuando esperábamos que no nos faltaría, ya por mis derechos naturales, ya por los recursos del juego.

Durante las primeras semanas no pensaba sino en disfrutar de mi situación; y la fuerza del honor, unida a un resto de miedo a la policía, me hacían aplazar de día en día el reanudar las amistades con mis compañeros del hotel de Transylvania. Me limitaba, pues, a jugar en algunas reuniones menos desacreditadas, en donde los favores de la suerte me evitaron la humillación de recurrir a la industria. Pasaba en la ciudad una gran parte de la tarde, y regresaba a Chaillot a la hora de cenar, con frecuencia acompañado del señor T***, cuya amistad hacia nosotros aumentaba prodigiosamente. Manon halló recursos contra el tedio. Se reunió en la vecindad con algunas jóvenes que habían ido a pasar allí la primavera. El paseo y otros ejercicios propios de su sexo, las distraían alternativamente. Por la noche, a mi regreso, encontraba a Manon más hermosa, más contenta y apasionada que nunca.

Surgieron, no obstante, algunas nubes en el cielo de mi felicidad: pero fueron tan pronto disipadas, y el carácter risueño de Manon hizo tan cómico el desenlace, que gozo todavía con su recuerdo.

El único criado que componía nuestra servidumbre, me llamó un día aparte, para decirme, con mucha confusión, que debía comunicarme un secreto de importancia. Le animé a hablar sin rodeos. No sin algunas vacilaciones, me dio a entender que un señor extranjero parecía locamente enamorado de la señorita. Toda la sangre se me heló en las venas.

—¿Le ama ella...? –interrumpí con más brusquedad que prudencia.

Mi arrebato asustó al criado. Me respondió con inquietud, que no había ido tan lejos su penetración; pero que habiendo observado hacía algunos días que el extranjero acudía asiduamente al bosque de Bolonia, en donde se apeaba de su carruaje, penetrando solo en la espesura, cual si buscara ocasión de ver o encontrar a la señorita, se le había ocurrido entablar algunas relaciones con su gente por el afán de saber quién era ese señor; que ellos le trataban de príncipe italiano, y a su vez, le achacaban alguna aventura galante; añadió, temblando, que le había sido imposible procurarse más informes, porque el mismo príncipe, al salir del bosque, se le había acercado familiarmente y le había preguntado cómo se llamaba; después de esto, como si adivinara que se hallaba a nuestro servicio, le había felicitado por pertenecer a la más hechicera criatura del mundo.

Yo esperaba con impaciencia la continuación de esta historia. La terminó con excusas tímidas, que atribuí a mi imprudente agitación. En vano intenté obligarle a proseguir sin fingimientos. Me aseguró que nada más sabía. Le tranquilicé, no sólo con elogios, sino con una decorosa recompensa; y sin demostrar la menor desconfianza hacia Manon, le encargué, con más tranquilidad, que vigilara los pasos del extranjero.

A pesar de mis crueles dudas, después de algunas reflexiones, me tranquilicé hasta el extremo de sentir no haber contenido ante mi criado una prueba de debilidad. No tenía derecho a culpar a Manon por el efecto que producía sobre los demás. Las apariencias indicaban la ignorancia de su conquista. ¿Qué vida sería la mía, si con tanta facilidad daba a los celos entrada en mi corazón? Al día siguiente volví a París, sin más objeto que el de apresurar los progresos de mi fortuna, jugando fuerte, hasta verme en disposición de abandonar Chaillot al menor motivo de inquietud. Por la noche nada supe capaz de turbar mi reposo. El extranjero nuevamente había acudido al bosque de Bolonia, y tomando como pretexto lo ocurrido la víspera, se acercó a mi criado y le habló de su amor, pero en términos que no suponían la menor inteligencia con Manon. Le interrogó acerca de mil detalles. Procuró ponerle de su parte, por medio de innumerables promesas, y sacando, por fin, una carta preparada de antemano, le ofreció inútilmente algunos luises de oro, si quería entregarla a su señora.

Transcurrieron dos días sin otro incidente. El tercero fue más borrascoso. A mi regreso de la ciudad, ya bastante tarde, supe que Manon, durante el paseo, se había alejado un momento de sus amigas, y el extranjero, que a corta distancia la seguía, se la había acercado para recoger de sus manos una carta. El extranjero manifestó su alegría besando apasionadamente los caracteres del sobre, pues mi amante no le dio tiempo para más. Manon demostró, durante el resto de la tarde, una satisfacción extraordinaria, que no la abandonó ni aun después de su regreso a casa. Yo temblaba de cólera.

—¿Estás bien seguro de que no te ha engañado la vista?, –dije tristemente a mi criado.

Él tomó al cielo por testigo de su sinceridad. Ignoro adónde me habría conducido mi desesperación, si Manon no hubiese acudido a mi presencia con aire impaciente y quejándose de mi frialdad. No aguardó mi contestación para cubrirme de caricias, y apenas nos hallamos solos, me reprochó vivamente la costumbre de regresar tan tarde a casa; me dijo que hacía tres semanas que no había pasado un día entero en su compañía; que la era imposible soportar tan largas ausencias; que me suplicaba que la dedicase algún que otro día, y que desde el siguiente quería verme a su lado desde por la mañana hasta por la noche.

—Me veréis –le respondí con bastante aspereza.

Prestó poca atención a mi disgusto, y en medio de su alegría, me hizo mil descripciones agradables de la manera como había pasado el día.

«¡Extraña criatura!, dije para mí. ¿Qué debo esperar de este preludio?».

Se presentó a mi memoria la aventura de nuestra primera separación. A pesar de este recuerdo, me pareció ver en el fondo de aquella alegría y aquellas caricias, cierta sinceridad.

No me fue difícil achacar la tristeza que no pude disimular durante la cena, a una pérdida en el juego. Consideraba una gran ventaja que ella misma me hubiera inspirado la idea de no moverme de Chaillot al día siguiente. Era ganar tiempo para mis proyectos. De no observar nada que me obligara a revelar mis descubrimientos, estaba ya resuelto a trasladar un día después nuestro domicilio a la ciudad, a un barrio en donde nada tuviera que temer de los príncipes italianos. Este acomodo me hizo pasar la noche más tranquilo, aunque sin evitarme el dolor de temer una nueva infidelidad.

Cuando desperté, Manon me dijo que no porque pasase el día en casa, quería verme menos compuesto, y que deseaba peinarme con sus propias manos. Yo tenía el pelo muy hermoso. Era una diversión que Manon se había permitido muchas veces la de peinarme; pero en esta ocasión lo hizo con más cuidado que nunca. Para complacerla, me vi obligado a sentarme enfrente de su tocador y tolerar hasta los menores detalles que imaginó para mi peinado. En el curso de su trabajo, con frecuencia me hacía volver el rostro hacia ella, y apoyando ambas manos sobre mis hombros, me contemplaba con viva curiosidad. Luego, expresando su satisfacción, con uno o dos besos, me obligaba a tomar mi primera postura y proseguía su tarea. Este juego nos distrajo hasta la hora de comer. El gusto con que ella lo había tomado me parecía tan natural, existía tan poco fingimiento en su buen humor, que no pudiendo conciliar apariencias tan constantes, con el designio de una negra traición, mil veces estuve tentado a abrirle mi corazón y deshacerme de una carga que ya empezaba a molestarme. Me lisonjeaba, sin embargo, de antemano, pensar que la confianza procedería de ella y me fingía ya un delicioso triunfo.

Entramos de nuevo en su gabinete. Se puso a componer mi cabello, y mi complacencia me hacía acceder a todos sus caprichos, cuando vinieron a avisarla que el príncipe de *** preguntaba por ella. Este nombre me exasperó hasta el delirio.

—¿Cómo, qué significa eso? –exclamé, rechazándola–; ¿quién, qué príncipe es ése…?

No contestó a mis preguntas.

—Hacedle subir –dijo fríamente al criado; volviéndose a mí–: Adorado bien mío –prosiguió, con acento encantador–, te suplico un momento de complacencia; un momento, ¡sólo un momento! Te amaré mil veces más, te lo agradeceré toda la vida.

La indignación y la sorpresa me impidieron el uso de la palabra. Ella repetía sus instancias y yo buscaba frases para rechazarlas con desprecio. Pero al oír abrirse la puerta de la antecámara, empuñó con una mano mis cabellos, flotantes sobre mi espalda, y tomó con la otra mano el espejo de su tocador; agotó todas sus fuerzas para arrastrarme así hasta la puerta del gabinete, y abriéndola con la rodilla, ofreció al extranjero, a quien el ruido parecía haber clavado en medio de la estancia, un espectáculo que no debió causarle poco asombro. Yo vi a un hombre muy bien vestido, pero bastante feo.

En medio del embarazo que semejante escena le causaba, no dejó de inclinarse profundamente. Manon no le dio tiempo para desplegar los labios, y le mostró el espejo.

—Ved, caballero –le dijo–, miraos bien y hacedme justicia. Vos me pedís amor: este es el hombre a quien amo y a quien he jurado amar toda la vida. Comparad vos mismo: si creéis poderle disputar mi corazón, decidme con qué méritos contáis, porque os declaro que para vuestra muy humilde servidora, todos los príncipes de Italia reunidos no valen uno sólo de estos cabellos.

Durante tan loca peroración, yo hacía inútiles esfuerzos para recobrar mi libertad, y compadeciendo a un hombre respetable me sentía inclinado a reparar este pequeño ultraje con mi cortesía. El extranjero se repuso con facilidad y su contestación, un tanto grosera, me hizo desistir de mi intento.

—Señorita, señorita –le dijo, esforzándose en sonreír–, abro, en efecto, los ojos y os encuentro mucho menos novicia de lo que me había figurado.

Se retiró al momento sin mirarla, añadiendo por lo bajo que las francesas no valían más que las italianas. En semejante ocasión, nada me inducía a hacerle concebir mejor idea del bello sexo. Manon soltó mis cabellos; se dejó caer en un sofá y comenzó a soltar estrepitosas carcajadas. No disimularé que me conmovió profundamente un sacrificio que sólo al amor podía atribuir. La chanza, con todo, me pareció pesada. Se la reproché. Me refirió que mi rival, después de asediarla por espacio de muchos días en el bosque de Bolonia y hacerle adivinar sus sentimientos por medio de muecas, le había dirigido una franca declaración, acompañada de todos sus títulos y su nombre, en una carta que ella había recibido por conducto del cochero de sus amigas; que le prometía el príncipe en esta carta una brillante fortuna y adoración eterna, más allá de los Alpes; que había regresado a Chaillot resuelta a comunicarme esta aventura; pero no había podido resistir a la idea de divertirse con ella y había concedido al príncipe italiano, en una contestación lisonjera, la libertad de visitarla, considerando una segunda diversión hacerme entrar en su plan sin que yo lo presumiera. No le dije una palabra de los informes recibidos por otro lado, y la embriaguez del amor triunfante me hizo aprobarlo todo.

He notado en el curso de mi vida, que el cielo ha elegido siempre para descargarme sus más duros golpes, los días en que me he juzgado más feliz. Con la amistad del señor T*** y la ternura de Manon me creía venturoso. Debía sucederme, sin embargo, muy pronto, la más horrible desgracia que me redujo al estado en que me visteis en Passy, y me llevó gradualmente a otros deplorables extremos, cuya fiel narración difícilmente creeréis.

Un día en que el señor T*** cenaba con nosotros, oímos el ruido de un carruaje que se detenía a la puerta de la posada. La curiosidad nos impulsó a saber quién podía llegar a semejante hora. Se nos dijo ser el joven G*** M***, esto es, el hijo de nuestro más cruel enemigo, del viejo licencioso que nos había encerrado, a mí en San Lázaro y a Manon en el Hospital. Su nombre me estremeció.

—El cielo es quien me lo trae –le dije al señor T***–, para castigar en él la cobardía de su padre. No se escapará sin cruzar su espada con la mía.

El señor T***, que además de conocerle se contaba en el número de sus mejores amigos, se esforzó en hacerme variar de sentimientos. Me aseguró que era un joven muy amable, y tan incapaz de haber tomado parte en las obras de su padre, que yo mismo no le hablaría un momento sin concederle mi amistad y desear la suya. Después de añadir mil cosas en su favor, me suplicó que le permitiera ir a invitarle a sentarse a nuestra mesa. Destruyó la objeción del peligro a que iba a verse expuesta Manon, si descubría su domicilio al hijo de nuestro enemigo, jurando por su honor y su amistad, que apenas nos conociese, sería nuestro más celoso defensor. En vista de tales seguridades, no opuse la menor dificultad a los deseos de T***, que no nos presentó al desconocido sin haberle antes informado de quiénes éramos. Entró G*** M*** y su aspecto nos previno en favor suyo. Me abrazó; nos sentamos; elogió a Manon, a mí, a cuanto nos pertenecía, y comió con un apetito que hizo honor a nuestra cena. Al terminarla se formalizó la conversación. Bajó la vista al hablar del exceso que su padre había cometido con nosotros, y nos dio las más humildes satisfacciones.

—Las abrevio –nos dijo–, para no renovar un recuerdo que me avergüenza demasiado.

Si desde un principio eran sinceras sus palabras, lo fueron luego mucho más, porque a la media hora de conversación advertí cuánto le impresionaban las gracias de Manon. Sus miradas y sus maneras se suavizaron gradualmente. Nada, sin embargo, dejó entrever en sus palabras; pero, sin estar celoso, yo era sobrado experto en materia de amor para no alarmarme. Nos acompañó durante una parte de la noche y no se separó de nosotros sin felicitarse por habernos conocido y pedirnos permiso para venir alguna vez a ofrecernos sus respetos. Por la mañana partió con el señor T***, que aceptó un sitio en su carruaje.

No estaba, como he dicho, celoso. Creía más que nunca en los juramentos de Manon. Esta encantadora criatura se había apoderado tan absolutamente de mi alma, que mi amar a ella tomaba parte hasta en mis más insignificantes sentimientos. Lejos de recriminarla por haber seducido al joven G*** M***, me encantaban los efectos de sus gracias y no me cansaba de felicitarme por ser amado de una joven a quien amaban todos. Tampoco consideré conveniente comunicarle mis sospechas. Durante algunos días, nos ocupamos en mandar componer sus vestidos y en meditar acerca de si podríamos ir al teatro sin temor de que nos conocieran. El señor T*** volvió a visitarnos antes del domingo y le consultamos sobre el particular. Comprendió que era preciso acceder para agradar a Manon. En vista de ello, decidimos ir al teatro con él aquella misma noche.

Fue, sin embargo, imposible realizar este proyecto, porque T*** me llamó aparte.

—Me hallo –me dijo–, en el mayor compromiso desde que no nos vemos. G*** M*** me ha confiado que adora a vuestra amante. Soy íntimo amigo suyo y me hallo dispuesto a servirle; pero soy también no menos amigo vuestro y no quiero engañaros. He considerado lo injusto de las pretensiones de G*** M*** y las he condenado. Habría guardado el secreto, si para enamorar no empleara otros medios que los ordinarios;

pero conoce perfectamente el flaco de Manon. Ha sabido, no sé por quién, que ella gusta de la abundancia y los placeres; y siendo ya bastante rico, me ha declarado que intenta seducirla, comenzando por hacerle un gran regalo y ofrecerle una pensión de diez mil francos. En igualdad de circunstancias me hubiera, tal vez, costado mucho más esta revelación; pero la justicia está, más que nunca, de vuestra parte, pues al introducirle aquí yo, he sido la causa imprudente de su pasión, y me creo en el deber de prevenir los efectos del mal que, involuntariamente, os he causado.

Agradecí al señor T*** un servicio de tal naturaleza y, depositando en él toda mi confianza, le confesé que el carácter de Manon era tal como G*** M*** imaginaba; esto es, que no podía soportar ni el nombre de la pobreza.

—A pesar de ello –añadí–, no la considero capaz de abandonarme para ser más o menos rica. Me hallo en el caso de hacer que no carezca de nada y espero mejorar mi fortuna de día en día. No temo sino una cosa: que G*** M*** abuse del conocimiento de nuestro domicilio.

El señor T*** me aseguró que nada debía temer sobre este punto; que G*** M*** era capaz de una locura amorosa, pero no de una villanía; que en el caso de semejante infamia, él, allí presente, sería el primero en castigarla y en reparar así la desgracia de haberla motivado.

—Os agradezco esas intenciones –contesté–, pero el daño sería entonces un hecho y habría que desconfiar de la reparación. Lo más prudente es prevenir el caso, abandonar Chaillot y trasladar a otro punto nuestro domicilio.

—Es cierto –contestó el señor T***–, pero ya es tarde, porque G*** M*** debe venir antes de mediodía; así me lo dijo ayer, y tal es el motivo de mi visita a estas horas. Puede llegar de un momento a otro.

Un aviso tan apremiante me hizo considerar mayor su gravedad. Consideré imposible evitar la visita de G*** M***, y su declaración a Manon, y tomé el partido de prevenirla yo mismo sobre los proyectos de mi nuevo rival. Imaginé que ella, sabiéndome conocedor de las proposiciones que iban a hacerla en mi presencia, tendría el valor de rechazarlas. Revelé mi pensamiento al señor T*** y me contestó que el asunto era en extremo delicado.

—Confieso –le dije–, que tengo confianza en Manon. Sólo la magnificencia de los ofrecimientos podría deslumbrarla, y ya os he dicho que no conoce el interés. Ama sus comodidades, pero también me ama a mí; y en vista del estado de mis asuntos, no puedo creer que me postergue al hijo de un hombre que la ha encerrado en el Hospital.

En una palabra, me encariñé con esta idea, y después de llamar aparte a Manon, la revelé con franqueza cuanto acababa de averiguar.

Agradeció la buena opinión que de ella tenía formada, y me prometió recibir los ofrecimientos de G*** M***, de modo que no le quedasen ganas de repetirlos.

—No es eso –le dije–; no conviene irritarle con una grosería; podría perjudicarnos. Demasiado sabes tú, picarilla –añadí riendo– cómo deshacerte de un amante desagradable o importuno.

Después de un momento de reflexión:

—Se me ocurre –dijo Manon– una idea admirable y estoy orgullosa de haberla concebido. G*** M*** es hijo de nuestro enemigo más cruel; es necesario vengarnos del padre, no en el hijo, sino en su dinero. Quiero darle oídos, aceptar sus regalos y burlarme de él.

—El proyecto es soberbio –repuse–, pero olvidas, hija mía, que ese camino nos ha proporcionado ya en otra ocasión muchas amarguras.

Le advertí los peligros de tal empresa: me respondió que todo consistía en meditarlo bien y refutó cuantas objeciones le hice.

—Citadme un amante que no doble la cerviz a todos los caprichos de su amada, y entonces confesaré mi culpa de haber cedido con tanta facilidad.

Resolvimos burlarnos de G*** M*** y por una combinación extravagante de la suerte, él se burló de nosotros.

Vimos aparecer su carruaje a eso de las once. Nos presentó excusas rebuscadas sobre la libertad que se tomaba de venir a comer con nosotros. No le sorprendió encontrar al señor T***, quien antes le había prometido acompañarnos, y había fingido algunos quehaceres para excusarse de ocupar un asiento en su carruaje. Aunque todos llevábamos en el alma la traición, nos sentamos a la mesa con aire de confianza y amistad. Le fue fácil a G*** M*** declarar sus sentimientos a Manon. No debí causarle el menor estorbo, porque a propósito me ausenté por algunos minutos. Advertí que no se le había desesperado con un exceso de rigor. Estaba del mejor humor del mundo; yo fingí otro tanto; interiormente, se burlaba de mi candor como yo del suyo. Durante toda la tarde nos ofrecimos mutua diversión. Todavía, antes de su partida, le dejé otro instante a solas con Manon. Tuvo, pues, motivos para celebrar mi amabilidad, lo mismo que mi mesa.

Apenas hubo subido en su carruaje con el señor T***, Manon corrió hacia mí con los brazos abiertos y me estrechó contra su seno, soltando la carcajada. Me repitió, al pie de la letra sus frases y sus proposiciones. Estaban reducidas a lo siguiente: la adoraba; quería compartir con ella cuarenta mil francos de renta, que disfrutaba ya, sin contar lo que debía heredar de su padre. Ella iba a ser dueña de su corazón y su fortuna, y en prenda de tales beneficios, se hallaba dispuesto a darla coche, un hotel amueblado, una doncella, tres lacayos y un cocinero.

—He ahí un hijo –exclamó Manon–, mucho más generoso que su padre.

—Hablemos con ingenuidad –añadí–; ¿no os ablandan esos ofrecimientos?

—¿A mí? –respondió, recordando unos versos de Racine:

¡Me suponéis capaz de tal perfidia!
¿Podré amar una faz que me da enojos.
Y el Hospital presenta ante mis ojos?»

—No, –proseguí, continuando la parodia:

Jamás creeré que el Hospital, señora,
es ningún bien que vuestro pecho adora.

—Pero ya es harina de otro costal lo de un hotel amueblado, una doncella, un cocinero, un coche y tres lacayos; el amor encierra pocas seducciones como ésta.

Me juró que su corazón me pertenecería siempre y que nunca imprimiría en él otras facciones que las de mi rostro.

—Sus promesas –me dijo–, aguijonean mi venganza, pero no mi amor.

Le pregunté si pensaba aceptar el hotel y el coche. Me contestó que sólo su dinero. Lo difícil era obtener lo uno sin lo otro. Decidimos esperar la entera explicación del proyecto de G*** M***, en una carta que había prometido escribir a Manon. En efecto, la recibió al día siguiente por un lacayo que, con gran habilidad, se procuró ocasión de hablar a mi amante sin testigos. Manon le obligó a esperar la contestación y al momento vino a entregarme la carta. La abrimos juntos. Además de las frases de rigor en tales casos, contenía detalladas las promesas que ya conocemos. No limitaba sus gastos; se comprometía a contarle diez mil francos al tomar posesión del hotel y a reparar los quebrantos de esta cantidad, de modo que siempre la tuviese entera. No pedía más que dos días para prepararlo todo, e indicaba el nombre de la calle y el número del hotel, donde prometía esperarla a la tarde del segundo día, en el que debía ella escaparse de mis brazos. Éste era el único punto sobre el cual la conjuraba a tranquilizarle. Terminaba diciéndole que si veía difícil la fuga, él la indicaría los medios de vencer todas las dificultades.

G*** M*** era más astuto que su padre. Quería poseer la presa antes de dar el dinero. Reflexionamos sobre la conducta que Manon debía seguir. Me esforcé todavía en apartar semejante empresa de su imaginación y le indiqué los peligros a que nos exponíamos; nada fue capaz de quebrantar su resolución.

Escribió una breve respuesta a la carta de G*** M***, encaminada a manifestarle que ninguna dificultad hallaría en trasladarse a París el día convenido y que, por consiguiente, podía, con seguridad, esperarla. Convinimos después, en que yo partiría al instante, con objeto de alquilar una nueva habitación en algún lugar del lado opuesto de París; al día siguiente por la tarde, día de la cita, ella se dirigiría muy temprano a la capital, y una vez recibidos los presentes de G*** M***, le suplicaría encarecidamente que la llevase al teatro. Entonces cargaría ella misma con la cantidad posible y confiaría el resto a mi criado, el cual debía acompañarla. Este criado era todavía el mismo que la había liberado del Hospital. Yo debía estar con un fiacre a la entrada de la calle de los Arcos de San Andrés, en donde me apearía a eso de las siete, para avanzar en la oscuridad hasta la puerta del teatro. Manon me prometía inventar pretextos para salir un momento de su palco y venir a reunirse conmigo. Lo demás, fácil era ejecutarlo. En un momento subiríamos a nuestro fiacre y saldríamos de París por el arrabal de San Antonio, camino de nuestro nuevo domicilio.

Por extravagante que fuese este proyecto, nos pareció perfectamente combinado. Pero loca imprudencia era la de imaginar que, ni aun alcanzando el mejor éxito del mundo, íbamos a librarnos de las consecuencias de nuestra acción. Lo arrostramos todo, sin embargo, con la mayor temeridad. Manon salió acompañada de Marcelo, que así se llamaba nuestro criado. La vi salir con pena. Le dije al abrazarla:

—Manon, no me engañéis, ¿me seréis fiel?

Lamentó tiernamente mi desconfianza y me renovó todos sus juramentos.

Llegué a París a eso de las tres. Había salido de Chaillot poco después que Manon. Consumí el resto de la tarde en el café de Feré, en el puente de San Miguel. Allí permanecí hasta la noche. Cuando llegó, tomé un fiacre que aposté, según lo convenido, a la entrada de la calle de los Arcos de San Andrés, y llegué andando hasta la puerta del teatro. Me sorprendió no ver a Marcelo, que allí debía esperarme.

Tuve paciencia para aguardar una hora, confundido entre una turba de lacayos y con la vista fija en los transeúntes. Dieron las siete, sin que compareciera nadie. Tomé un billete de patio para entrar a ver si G*** M*** y Manon se hallaban en su palco. Ni uno ni otro estaban allí. Regresé a la puerta en donde permanecí todavía un cuarto de hora, luchando con la impaciencia y la inquietud. No viendo aparecer a nadie, me dirigí de nuevo al fiacre, sin saber qué resolución tomar. El cochero, al verme, se adelantó algunos pasos para decirme, con aire misterioso, que una linda señorita me aguardaba hacía más de una hora dentro del carruaje; que había preguntado por mí dando exactamente mis señas, y al enterarse de que yo debía volver, había dicho que no le importaba esperar. Al instante me figuré que sería Manon. Me acerqué, pero descubrí un lindo rostro que no era el suyo. Era una persona extraña, que comenzó por preguntarme si tenía el honor de hablar con el caballero Des Grieux. Le dije que así me llamaba.

—Tengo una carta para vos –prosiguió ella–, que os informará del asunto que me trae y por quien tengo el gusto de conoceros.

Le rogué que me diera tiempo de leerla en un figón inmediato. Quiso seguirme y me aconsejó que pidiera una habitación reservada.

—¿Quién os ha dado esta carta?, pregunté al subir la escalera.

Confió su contestación a la lectura.

Conocí la letra de Manon. He ahí, poco más o menos, el contenido:

G*** M*** la había recibido con una finura y una magnificencia superiores a todo elogio. La había colmado de regalos. Le prometía la existencia de una reina. A pesar de ello, estaba segura de no olvidarme en medio de su esplendor. No había podido conseguir de G*** M*** que la llevase al teatro; por esto aplazaba para otro día el placer de verme, y para consolarme un tanto de la pena que esta noticia debía causarme, me recomendaba una de las más hermosas jóvenes de París, en la persona de la dadora. Firmaba: Vuestra fiel amante. Manon Lescaut.

Había para mí, en esta carta, algo tan insultante y tan cruel, que suspendido durante algún tiempo entre la cólera y el dolor, intenté un esfuerzo para olvidar eternamente a mi ingrata y perjura amante. Dirigí una mirada a la joven que se hallaba en mi presencia. Era en extremo bonita. Ojalá lo hubiera sido lo bastante para hacerme a mí también infiel y perjuro. Pero no encontraba en ella aquellos ojos dulces y lánguidos, aquel divino continente, aquel no sé qué del amor, en una palabra, aquel manantial inagotable de seducciones, que la naturaleza había derramado a manos llenas sobre la pérfida Manon.

—¡No, no! –le dije, cesando de mirarla–; la ingrata que os envía sabe perfectamente que os ha obligado a dar un paso inútil. Volved a ella y decidle de mi parte que goce de su crimen, que goce, si es posible, sin remordimientos. Yo la olvido y renuncio para siempre a todas las mujeres. No encontraría ninguna tan hermosa como ella; pero todas serían como ella, infames y traidoras.

Estuve entonces a punto de bajar y retirarme, sin volverme a acordar de Manon. Los celos mortales que desgarraban mi pecho, se ocultaban bajo una profunda y sombría calma. Creí llegada la hora de mi regeneración, pues no era presa de ninguna de las violentas sacudidas que en otras ocasiones me habían agitado. ¡Ay de mí!, era juguete del amor, tanto como creía serlo de G*** M*** y de Manon.

La joven portadora de la carta, viéndome dispuesto a bajar la escalera, me preguntó qué es lo que debía decir a G*** M*** y a la dama que estaba con él. Al oír esta pregunta, entré de nuevo en la habitación, y por un cambio increíble para los que jamás han sentido pasiones violentas, pasé repentinamente de la tranquilidad en que creía hallarme, a un arrebato terrible de furor.

—Vete –le dije–, lleva al traidor G*** M*** y a su pérfida amante, toda la desesperación en que me abisma la maldita carta; pero añade que no gozarán por mucho tiempo de su victoria, porque les daré de puñaladas con mis propias manos.

Me arrojé sobre una silla. Mi sombrero cayó por un lado y por otro mi bastón. Dos ríos de amargo llanto manaron de mis ojos. El acceso de rabia que acababa de experimentar, se trocó en dolor profundo. No hice más que llorar, exhalando gemidos y suspiros lastimeros.

—Acércate, hija mía –exclamé dirigiéndome a la joven–, ¡acércate, pues eres la encargada de consolarme. Dime si sabes consuelos contra la ira y la desesperación, contra el deseo de suicidarme, después de dar la muerte a dos infames que no merecen la vida. Sí, acércate –proseguí, viéndola dar hacia mí algunos pasos tímidos e inciertos–. Ven a enjugar mi llanto; ven a decirme que me amas, y acostúmbreme yo a ser amado de otra que la infiel. Tú eres hermosa, quizá podré amarte.

Aquella pobre niña, que apenas contaría dieciséis o diecisiete años, estaba extraordinariamente maravillada de semejante escena. A pesar de ello, se aproximó para hacerme algunas caricias; pero la rechacé al momento.

—¿Qué me queréis…? –le dije–. ¡Ah!, eres una mujer, perteneces a un sexo que detesto y no puedo sufrir. La dulzura de tu semblante me amenaza todavía con alguna traición. Vete y déjame solo aquí.

Se inclinó sin atreverse a pronunciar una palabra, y se dispuso a salir. Le grité que se detuviera:

—Pero dime, al menos –proseguí–, ¿por qué, cómo, y con qué objeto te han enviado…? ¿Cómo has sabido mi nombre y el sitio en que podías encontrarme?

Me dijo que conocía hacía mucho tiempo al señor G*** M***; que a las cinco, la había enviado a buscar, y acompañada de un lacayo había ido a una casa grande, en donde aquél se hallaba jugando a los cientos con una hermosa dama: entrambos le habían encargado que me entregase la carta, después de decirle que me encontraría en un carruaje al extremo de la calle de San Andrés. La pregunté si le habían dicho algo más. Me contestó, ruborizándose, que la habían hecho esperar que yo la tomaría por compañera.

—Te han engañado, hija mía, te han engañado –exclamé–; tú eres una mujer, necesitas de un hombre, pero lo necesitas rico y feliz, y no es aquí donde puedes hallarle. Vuelve, vuelve al lado de G*** M***, todo lo tiene para ser amado; tiene para vosotras hoteles amueblados y todos los lujos deseables. En cuanto a mí, que sólo puedo ofrecer amor constante, las mujeres desdeñan mi miseria y se burlan de mi bondad.

Añadí mil frases, ya tristes, ya violentas, según los sentimientos que alternativamente me agitaban. Poco a poco fueron calmándose mis arrebatos, y me permitieron hacer algunas reflexiones. Comparé este último infortunio con los ya experimentados del mismo género, y no lo hallé más digno de desesperación que los anteriores. Conocía bien a Manon: ¿a qué afligirme tanto una desgracia que debí prever? ¿Por qué no tratar de remediarla? Era tiempo todavía; al menos, yo no debía perdonar el menor recurso, si no quería tener que reprocharme haber contribuido con mi negligencia a mis propias penas. Concebida esta idea, comencé por examinar cuantos medios podían encaminarme a la consecución de mi deseo.

Intentar arrancarla violentamente de los brazos de G*** M***, era una resolución desesperada, que sólo serviría para perderme, y que no ofrecía la menor probabilidad de éxito. Me parecía, con todo, que de poder procurarme la menor entrevista con Manon, me sería fácil conmoverla. ¡Conocía tan bien sus fibras sensibles! ¡Estaba tan seguro de ser amado! La misma extravagancia de enviarme una joven, con objeto de consolarme, indudablemente era cosa suya. Decidí emplear toda mi habilidad para verla. Entre varios medios, uno tras otro examinados, me fijé en el siguiente: el señor T*** me había servido desde un principio con sobrado cariño, para poner en duda su sinceridad y buen deseo. Me propuse visitarle al momento y comprometerle a mandar llamar a G*** M***, bajo pretexto de un asunto importantísimo. Con media hora tenía yo suficiente para hablar a Manon. Mi intento era hacerme introducir en su misma habitación, lo cual creí bastante fácil, en ausencia de G*** M***. Me tranquilizé con esta resolución. Pagué generosamente a la joven, que continuaba en mi presencia y, con objeto de hacerla desistir de su regreso al lado de quienes la habían enviado, le pedí sus señas y la hice concebir la esperanza de que iría a pasar la noche en su compañía. Subí a mi fiacre y me hice llevar a escape a casa del señor T***. Tuve la fortuna de encontrarle. En pocas palabras le puse al corriente de mi desventura y del favor que esperaba de su bondad. Se maravilló tanto de que G*** M*** hubiera podido seducir a Manon, que, ignorante de la parte que yo mismo había tenido en mi desventura, me ofreció generosamente reunir a todos sus amigos para emplear sus brazos y sus espadas en liberar a mi amante. Logré hacerle comprender que semejante escándalo podría perjudicarnos.

—Reservemos nuestra sangre –le dije–, para el último extremo. He proyectado un medio más suave y del que no espero menos éxito.

Desde luego, se comprometió a ejecutar mis menores exigencias. Le rogué que mandase avisar a G*** M*** y le entretuviese una hora o dos: salió al instante conmigo, dispuesto a complacerme.

Reflexionamos acerca del pretexto de que podría valerse para detener a G*** M*** tanto tiempo. Le aconsejé que, ante todo, le escribiera un simple billete, fechado en una taberna, suplicándole que volara allí sin pérdida de tiempo, para un asunto cuya importancia no admitía dilación.

—Observaré –añadí–, el momento de su salida, y me introduciré fácilmente en la casa, pues no soy en ella conocido más que de Manon y mi criado Marcelo. En cuanto a vos, que en tanto os hallaréis en compañía de G*** M***, podéis decirle que el asunto importante sobre el cual deseabais hablar con él, es una necesidad apremiante de dinero; que acabáis de perder el vuestro en el juego, y con igual desgracia habéis jugado mucho más sobre vuestra palabra. Necesitará tiempo para llevaros a sus arcas y yo dispondré del suficiente para ejecutar mi plan.

El señor T*** siguió al pie de la letra estas instrucciones. Le dejé en una taberna, en donde escribió su carta. Yo fui a situarme a pocos pasos de la casa de Manon. Vi llegar al portador del billete, y poco después a G*** M*** salir a pie, acompañado de un lacayo. Después de darle tiempo para alejarse, avancé hacia la puerta del hotel y, a pesar de toda mi cólera, llamé con respeto. Afortunadamente, Marcelo vino a abrirme. Le hice señas para que callara. Aunque nada temía de los demás criados, le pregunté en voz baja si podía conducirme sin ser notado al cuarto de Manon. Me dijo que era cosa fácil, subiendo muy despacio la escalera principal.

—Vamos allá ahora mismo –contesté–, y procura que nadie venga a interrumpirnos.

Llegué sin dificultad hasta la habitación.

Manon estaba entregada a la lectura. Entonces, tuve ocasión de admirar el carácter de esta extraña joven. Lejos de asustarle mi presencia, no manifestó sino esas ligeras pruebas de sorpresa que no somos dueños de contener a la vista de una persona a quien creíamos ausente.

—Ah, sois vos, amor mío –dijo, viniendo a abrazarme con su ternura de costumbre–. ¡Dios mío, qué atrevido sois! ¿Quién era capaz de esperaros hoy en este sitio?

Me desprendí de sus brazos, y lejos de corresponder a sus caricias, la rechacé con desdén y retrocedí dos o tres pasos para alejarme de ella. Este movimiento no dejó de desconcertarla. Permaneció inmóvil y me miró, palideciendo.

Me juzgué tan dichoso al verla que, a pesar de tantos y tan justos resentimientos, no me atrevía a proferir una sola palabra. Su crueldad, sin embargo, martirizaba mi corazón, y procuraba recordarla para estimular mi enojo. Observé que al verme silencioso y agitado, temblaba de miedo. No pude resistir este espectáculo.

—¡Ah, Manon! –le dije con ternura–, infiel y perjura Manon, ¿cuál ha de ser mi primera queja...? Pálida y temblorosa os veo; soy aún tan sensible a vuestro más insignificante sufrimiento, que temo afligiros demasiado con mis reproches. Manon, vuestra perfidia me ha llegado al alma; golpes son esos que no se descargan sobre un amante, sin haber decretado su muerte. Y van tres, Manon, los he contado bien; imposible me será olvidarlos. A vos os toca considerar ahora mismo qué resolución deseáis tomar, porque mi triste corazón no puede soportar ya un trato tan cruel y le siento estallar de dolor. No puedo más –añadí, dejándome caer sobre una silla–: apenas tengo fuerzas para hablar y sostenerme.

No me contestó; pero cuando me hube sentado, se dejó caer de rodillas y apoyó su cabeza sobre las mías, ocultando el rostro entre mis manos. Al momento, las sentí bañadas en su llanto. ¡Oh, dioses, qué impulsos me agitaban...!

—¡Ah, Manon, Manon...! –continué, exhalando un suspiro–, ¡cuán tardías son esas lágrimas, después de darme la muerte. Fingís una tristeza que sois incapaz de experimentar. El mayor de vuestros males es, sin duda, mi presencia, que no ha cesado de turbar vuestros placeres. Abrid los ojos, ved quién soy; no se derrama tan tierno llanto por un infeliz a quien se ha vendido y abandonado cruelmente.

Besaba mis manos sin cambiar de postura.

—¡Inconstante Manon! –proseguí aún–, joven ingrata y sin fe, ¿qué ha sido de vuestras promesas y juramentos? Amante mil veces liviana y cruel, ¿qué has hecho del amor que todavía hoy me jurabas? ¡Justo cielo...!, ¿así una infiel se burla de vosotros, después de invocar vuestra santidad? ¿Con qué será recompensado el perjurio? ¡La desesperación y el abandono estaban reservados a la constancia y la fidelidad...!

Estas palabras fueron acompañadas de tan amargas reflexiones, que a pesar mío, derramé algunas lágrimas. Manon lo adivinó por la alteración de mi voz. Al fin, rompió el silencio.

—¡Debo ser muy culpable –dijo tristemente–, pues he podido causaros tanto dolor y tanta pena; pero confúndame el cielo si he creído o he intentado serlo!

Tal discurso me pareció desprovisto de sentido y buena fe, y no pude evitar un arrebato de ira:

—¡Horrible fingimiento...! –prorrumpí–; al fin comprendo como nunca, que sólo eres una pérfida y una infame. En este instante acabo de descubrir tus miserables sentimientos. Adiós, vil criatura; desde hoy preferiré mil veces la muerte a tener contigo el menor trato. ¡Castígueme el cielo con todo su rigor, si alguna vez mis ojos te conceden la más insignificante de sus miradas! Vive con tu nuevo amante, ámale, detéstame, renuncia al honor, al buen sentido poco me importa.

Mi furor la asustó de tal modo, que permaneció de rodillas junto a la silla de donde yo me había levantado y me contempló, temblando y sin atreverse a respirar. Di todavía algunos pasos hacia la puerta, volviendo la cabeza y mirándola fijamente. No había perdido yo todo sentimiento de humanidad, para permanecer insensible a tantos atractivos. Distaba mucho de poseer esa bárbara inflexibilidad, de que algunos alardean; así es que, saltando repentinamente de un extremo a otro, me precipité hacia ella, la pedí perdón por mis reproches y no me creí digno de ser amado de una joven como ella. La obligué a sentarse y me arrodillé, conjurándola a que me oyese en esta postura. En breves palabras encerré cuanto un amante sumiso y apasionado puede imaginar de tierno y respetuoso. Pedí a sus labios mi perdón. Dejó caer sus brazos sobre mi cuello, diciendo que era ella quien necesitaba de mi bondad para hacerme olvidar tantos sinsabores como me causaba, y que con razón temía que no me convenciera cuanto, para justificarse, tenía que decirme.

—¡Yo...! –interrumpí al instante–, no os pido disculpa alguna; apruebo cuanto habéis hecho. No me corresponde a mí exigir explicaciones sobre vuestra conducta; me doy por muy contento y muy dichoso, si mi adorada Manon tiene a bien no negarme la ternura de su alma. Pero –proseguí, no acordándome de mi situación–, omnipotente mujer, que fabricáis a vuestro gusto mis dolores y mis alegrías, después de satisfaceros con mis humillaciones y con las pruebas de mi arrepentimiento, ¿no me será permitido hablaros de mi tristeza y de mis amarguras? ¿Oiré de vuestros labios mi sentencia y sabré si vais a decretar mi muerte, pasando la noche con mi rival...?

Meditó antes de contestarme.

—Caballero mío –dijo, al fin, con aire tranquilo–, si desde un principio os hubierais explicado con tanta llaneza, no habría tenido lugar esta escena desgarradora. Ya que vuestra amargura emana de vuestros celos, yo la hubiera calmado, ofreciéndome a seguiros inmediatamente al fin del mundo. He creído que mi carta, escrita en presencia del señor G*** M***, y la joven que os hemos enviado, causaban vuestra pena. He supuesto que habíais considerado mi carta como una burla, y os imaginabais que al enviaros a esa joven, renunciaba yo a vos por el señor G*** M***. Tal es el pensamiento que me ha llenado de consternación, pues por mucha que fuese mi inocencia, he visto, al pensar en ello, que las apariencias no dejaban de condenarme. Quiero, a pesar de esto, que me juzguéis después de que os explique la verdad del caso.

Entonces me refirió cuanto le había acontecido desde que había encontrado a G*** M*** esperándola en el mismo sitio en donde nos hallábamos. La había, en efecto, recibido como a la primera princesa del universo. Le había enseñado todas las habitaciones, que eran de un gusto y una limpieza irreprochables. Le había contado diez mil francos en su mismo gabinete, añadiendo algunas alhajas, entre las cuales figuraban el collar y los brazaletes de perlas, que ya en otro tiempo recibiera de su padre. Después de conducirla a un salón desconocido aún para ella, le había obsequiado en él con una merienda exquisita, servida por los nuevos criados, recibidos ex profeso para su servicio; le había, por último, enseñado el coche, los caballos y el resto de sus presentes. Luego le propuso esperar a la cena jugando una partida.

—Confieso –prosiguió–, que me ha impresionado esta magnificencia. He reflexionado que sería una lástima privarnos repentinamente de tantas riquezas, contentándonos con los diez mil francos y las alhajas; y en fin, que podríamos vivir agradablemente a expensas de G*** M***. En vez de procurar ir al teatro, me he propuesto sondearle acerca de vos, para calcular si nos sería fácil vernos, dando por supuesta la ejecución de mi plan, y me ha parecido muy agradable en el trato. Me ha preguntado qué es lo que pensaba de vos y si había sentido abandonaros. Le he dicho que erais tan amable, os habíais portado tan decorosamente conmigo, que de ningún modo podía aborreceros. Me ha confesado que no carecíais de mérito y que se había sentido inclinado a desear vuestra amistad. Ha querido saber qué pensaba yo de la impresión que debía causaros mi fuga, sobre todo, qué haríais al saber que me hallaba entre sus brazos. Le he contestado que la fecha de nuestro amor era ya tan antigua, que no nos había faltado tiempo de entibiarnos; que no disfrutabais de holgada fortuna, y que, tal vez, no consideraríais mi olvido como una gran desgracia, pues os aliviaba de una carga ya insoportable. He añadido que completamente convencida de que lo tomabais con calma, no había tenido inconveniente en deciros que venía a París para algunos asuntos; que habíais consentido en ello, y habiendo venido vos mismo, no me habíais parecido muy inquieto al abandonaros.

—Si creyera –me ha dicho–, que fuese de su gusto vivir conmigo, yo sería el primero en ofrecerle mis servicios y mi trato.

—Le he asegurado que, a juzgar por la idea que yo tenía formada de vos, no dudaba que le corresponderíais cortésmente, sobre todo, he añadido, si podéis serle útil en sus asuntos, muy desarreglados desde que vive mal con su familia. Me ha interrumpido para asegurarme que haría por agradaros cuanto estuviera a su alcance, y hasta que si queríais un nuevo amor, os procuraría una preciosa joven, a quien por mí ha abandonado. He aplaudido su idea –continuó Manon–, para evitar mejor sus sospechas, y confirmándome cada vez más en mi proyecto, sólo deseaba el medio de comunicároslo, temerosa de que os alarmarais con exceso al verme faltar a la cita. Sólo con este fin le he propuesto que os enviara esta noche misma a la nueva amante. He creído hallar así una ocasión de escribiros; sin tal astucia, no era de creer que me dejara un momento de libertad. Se ha reído de mi proposición, ha llamado a su lacayo y, después de preguntarle si podría encontrar al momento a su antigua amante, le ha enviado en busca de ella a todas partes. Imaginaba que debían buscaros en Chaillot; pero le he dicho que al separarme de vos, prometí estar en el teatro, y que por si existía impedimento, os habíais comprometido a esperarme con un carruaje al extremo de la calle de San Andrés, y, por consiguiente, era preferible enviar allí a vuestra nueva amante, cuando menos para evitar que os impacientarais toda la noche. Le he dicho también, que era cosa de escribiros unas líneas para comunicaros este cambio, que difícilmente comprenderíais de otro modo. Ha consentido en ello, pero me he visto obligada a escribir en su presencia, razón por la que he tenido buen cuidado de no explicarme en la carta con sobrada claridad. Tal ha sido –añadió Manon– la marcha de los acontecimientos. Nada os oculto relativo a mi conducta, ni a mis propósitos. La joven ha venido, me ha parecido hermosa, y sabiendo que mi ausencia os afligiría, deseaba sinceramente que pudiera distraeros unos momentos, porque la fidelidad que de vos exijo es la del alma. Mi gusto hubiera sido enviaros a Marcelo, pero me ha faltado tiempo para instruirle acerca de lo que debía comunicaros.

Concluyó, por fin, refiriéndome la indecisión de G*** M*** al recibir el billete del señor T***.

—Ha dudado –me dijo–, si debía abandonarme, y me ha asegurado que su regreso no se haría esperar. Por esto me ha sorprendido vuestra visita, y estoy inquieta.

Oí con mucha paciencia este discurso, en el que hallé gran número de cosas mortificantes para mí, pues era tan clara la intención de Manon de serme infiel, que ni siquiera había procurado disfrazarlas. No podía esperar que G*** M*** la tratara toda la noche como a una vestal. Contaba, pues, pasarla con él. ¡Qué confesión para un amante…! Sin embargo, consideré que, en parte, yo era causa de su falta, por haberla informado desde un principio de las intenciones de G*** M*** y por mi complacencia en aprobar ciegamente el temerario plan de su aventura. Por otro lado me conmovió la ingenuidad de su narración y el lenguaje franco y abierto con que me refería hasta las circunstancias para mí más ofensivas. «Peca sin malicia, pensaba yo; es imprudente y venal, pero recta y sincera». Añadid a esto, que por sí sólo el amor bastaba para cerrar mis ojos a todas sus culpas. Me satisfacía demasiado la esperanza de arrebatarla aquella misma noche a mi rival.

—Y, ¿con quién hubierais pasado la noche…? –la interrogué.

Esta pregunta, tristemente dirigida, la turbó. Sólo me contestó con *peros* y *síes* entrecortados. Compadecí su aflicción, y hablando de otra cosa, le declaré sin rodeos que esperaba de ella me siguiera inmediatamente.

—Así lo deseo –me dijo–, pero, ¿no aprobáis mi proyecto…?

—¿Conque no basta –repliqué–, haber aprobado cuanto habéis hecho hasta ahora…?

—¡Cómo!, ¿ni siquiera nos llevaremos los diez mil francos…?, me los ha dado y me pertenecen.

Le aconsejé abandonarlo todo y no pensar sino en alejarnos, porque aunque no hacía aún media hora que me hallaba con ella, temía el regreso de G*** M***. Pero me instó con tal eficacia a no salir con las manos vacías, que creí deber concederle algo, puesto que había accedido a todos mis deseos.

Cuando nos disponíamos a salir, oí llamar a la puerta de la calle. Supuse que sería G*** M*** y en la confusión que tal idea me causó, me prometí matarle si subía. No era bastante dueño de mis arrebatos para moderarme en su presencia. Marcelo puso fin a mi aflicción, entregándome una carta que había recibido a la puerta para mí: era del señor T***. Me decía en ella que habiendo ido G*** M*** a su casa en busca de dinero, aprovechaba la ausencia de éste para comunicarme una idea muy graciosa: le parecía que ya no podía tomar más grata venganza de mi rival, que la de comer su cena y pasar la noche en el mismo lecho que esperaba ocupar con mi amante; que este proyecto le parecía fácil, si podía hacerme con tres o cuatro hombres bastante decididos para detener a G*** M*** en medio de la calle, y bastante fieles para custodiarle sin perderle de vista hasta el día siguiente; que en cuanto a él, prometía distraerle todavía una hora, por lo menos. Enseñé esta carta a Manon, y le comuniqué de qué astucia me había valido para introducirme libremente en su casa. Mi invención y la del señor T*** le parecieron inmejorables. Nos reímos mucho de ellas por algunos momentos; pero cuando le hablé de la última como de una broma, me sorprendió que insistiera seriamente en proponérmela de manera formal. En vano le pregunté dónde quería que, sin más ni más, encontrase hombres capaces de detener a G*** M*** y custodiarle con fidelidad. Me dijo que, al menos, era preciso intentarlo, pues el señor T*** nos garantizaba una hora todavía; y en contestación al resto de mis objeciones, me dijo que yo era un tirano que no quería complacerla. Nada encontraba tan hermoso como este proyecto.

—Usaréis su cubierto en la cena –me repetía–. Os acostaréis en su misma cama y mañana muy temprano os llevaréis su amante y su dinero. Quedaréis bien vengado del padre y del hijo.

Cedí a sus instancias, a pesar de los secretos impulsos de mi corazón, que parecían augurarme una desgraciada catástrofe. Salí con intención de suplicar a dos o tres guardias de corps, con los cuales Lescaut me había puesto en relaciones, que se encargaran de detener a G*** M***. Sólo a uno de ellos encontré en su casa; pero era este hombre emprendedor y apenas se hubo enterado del asunto, no vaciló en asegurarme un feliz éxito; sólo me pidió diez doblones para recompensar a tres soldados del cuerpo, que decidió tomar a sus órdenes. Le supliqué que no perdiera tiempo. En menos de un cuarto de hora los reunió. Yo le esperaba en su casa, y apenas estuvo de vuelta con sus socios, yo mismo le acompañé a la esquina de una calle, por la cual G*** M*** debía, necesariamente, pasar, para dirigirse a la de Manon. Le recomendé que no le maltrataran, pero que le tuvieran bien sujeto hasta las siete de la mañana, de modo que yo estuviera seguro de que no se les escaparía. Me dijo que tenía intención de conducirle a su aposento; obligarle a desnudarse y hasta acostarse en su cama, mientras él y sus tres valientes pasarían la noche bebiendo y jugando. Permanecí con ellos hasta ver aparecer a G*** M***, y entonces, me retiré algunos pasos más abajo, a un sitio oscuro, para presenciar tan extraordinaria escena. El guardia de corps le acometió pistola en mano, diciéndole cortésmente que no quería su vida ni su dinero, pero que si se resistía a seguirle, o daba un grito, le levantaría la tapa de los sesos. G*** M***, viéndole secundado por tres soldados, y temiendo, sin duda, el taco de la pistola, no opuso la menor resistencia. Le vi llevar como a un cordero. Al instante volvía casa de Manon, y para evitar toda sospecha a los criados, dije al entrar que no había que esperar al señor G*** M*** para la cena, pues le habían sobrevenido ocupaciones que a su pesar le retenían, y me había suplicado que fuese a presentar sus excusas a Manon y a cenar con ella, cosa que yo consideraba un gran favor, tratándose de tan hermosa dama. Ella secundó mi intento con mucha habilidad. Nos sentamos a la mesa: afectamos gravedad, en tanto los lacayos nos servían. Cuando estuvimos solos, pasamos una de las más deliciosas veladas de nuestra vida. En secreto, mandé a Marcelo que buscara un fiacre, advirtiéndole que debía hallarse a la puerta antes de las seis de la mañana. A eso de la medianoche, fingí separarme de Manon; pero entré de nuevo, muy despacio, ayudado de Marcelo, y me dispuse a ocupar la cama de G*** M*** como en la mesa había ocupado su sitio. En tanto, el adverso destino fraguaba nuestra perdición. Nos hallábamos en el delirio del placer, sin ver la espada suspendida sobre nuestras cabezas. El hilo que la sostenía iba a romperse; mas para dar a entender mejor todas las circunstancias de nuestra ruina, es necesario explicar su fundamento.

G*** M***, al ser detenido por el guardia de corps, iba acompañado de un lacayo. Este muchacho, asustado del lance ocurrido a su señor, huyó precipitadamente y avisó al viejo G*** M*** cuanto acababa de suceder. Tan mala noticia debió alarmarle mucho. No tenía más hijo que éste, y su vivacidad era increíble para su edad. Ante todo, quiso oír del lacayo cuanto su hijo había hecho por la tarde: si había reñido con alguien; si había tomado parte en disputas ajenas; si había estado en alguna casa sospechosa. El lacayo, creyendo a su señor en el mayor peligro, e imaginando no deber perdonar medio de socorrerle, reveló cuanto sabía de su amor a Manon y de los gastos hechos para ella, de cómo había pasado la tarde en su casa hasta cerca de las nueve, y de su salida y su vuelta desgraciada. Esto bastó para hacer sospechar al anciano que todo era cuestión de faldas. A pesar de haber dado ya las diez y media de la noche, se dirigió a casa de inspector de policía. Le rogó que diera órdenes particulares a todas las partidas de la ronda y pidió una para que le acompañara. Él mismo corrió a la calle en donde su hijo había sido detenido: visitó todos los sitios de la ciudad, en los cuales esperaba hallarle, y no pudiendo dar con él, se hizo acompañar a casa de su amante, donde, imaginó, que podía haber regresado.

Yo iba a acostarme cuando llegó. Estaba cerrada la puerta de la habitación y no oí llamar a la de la calle. Entró seguido de dos arqueros, y después de tratar inútilmente por los criados de informarse de lo que podía haber sido de su hijo, se le antojó ver a su dama, para procurarse de ella alguna luz. Subió a la habitación, siempre acompañado de los arqueros. Abrió la puerta, y al verle se nos heló la sangre:

—¡Gran Dios, es el viejo G*** M***! –le dije a Manon.

Salté sobre mi espada: desgraciadamente estaba enredada en mi cinturón. Los arqueros, al ver mi movimiento, se acercaron en seguida para apoderarse de ella; un hombre en camisa está indefenso; me desarmaron.

G*** M***, aunque turbado por este espectáculo, no tardó en reconocerme; con más facilidad aún conoció a Manon.

—¿Es una ilusión...? –nos dijo gravemente–; ¿no estoy viendo al caballero Des Grieux y a Manon Lescaut...?

La vergüenza y el dolor me enfurecieron tanto, que no le contesté. Ideas encontradas parecieron agitarse en su cerebro por algún tiempo, y como si de un golpe hubieran inflamado su cólera, exclamó, dirigiéndose a mí:

—¡Ah, infeliz de ti, no me cabe duda que has matado a mi hijo...!

Esta injuria me encolerizó.

—Viejo condenado –le grité con altanería–, de tener que matar a alguno de tu familia, por ti es por quien hubiera comenzado.

—Sujetadle bien –dijo a los arqueros–; es necesario que me dé noticias de mi hijo; le mandaré ahorcar mañana, si ahora mismo no me dice qué es lo que ha hecho de él.

—¿Me mandarás ahorcar...? –repliqué–. ¡Infame!, los malvados como tú son los que deben ir a la horca. Que sepas que mi sangre es más noble y más limpia que la tuya. Sí –continué–, yo sé qué ha sido de tu hijo, y como sigas provocando mi furor, le mandaré estrangular antes de que amanezca.

Fue una imprudencia confesarle que no ignoraba el paradero de su hijo; pero el exceso de mi cólera me hizo cometer esta indiscreción. Llamó al instante a cinco o seis arqueros que le esperaban a la puerta, y les mandó prender a todos los criados de la casa.

—¡Ah, señor caballero –prosiguió con sorna–, según decís, sabéis dónde está mi hijo y le mandaréis estrangular...! Contad con que lo evitaremos.

No tardé en comprender mi torpeza. Se aproximó a Manon, que estaba sentada en la cama, llorando; le dirigió algunas galanterías irónicas acerca del imperio que ejercía sobre el padre y el hijo, y el buen uso que hacía de él. Este viejo, monstruo de incontinencia, quiso tomarse con ella algunas familiaridades.

—Guárdate de tocarla –exclamé–. Ni lo más sagrado bastaría para salvarte de mis manos.

Salió, dejando en el cuarto a tres arqueros, a quienes ordenó que nos mandaran vestir al instante.

Ignoro qué es lo que pensaba hacer entonces de nosotros. Tal vez hubiéramos obtenido la libertad, declarándole dónde estaba su hijo. Al tiempo de vestirme reflexioné si sería esto lo mejor; pero si tal era su intención al salir de la estancia, bien había cambiado de parecer al entrar de nuevo en ella. Había ido a interrogar a los criados de Manon, detenidos por los arqueros. Nada pudo averiguar de los que ella había recibido de su hijo; pero al saber que Marcelo nos había servido antes, resolvió obligarle a hablar, intimidándole con amenazas.

Era un muchacho fiel, pero sencillo y rudo… El recuerdo de cuanto en el Hospital había hecho para liberar a Manon, y el terror que G*** N*** le inspiraba, le impresionaron de rigor de nuestro destino. Tal vez el cielo se complazca algún día en hacernos más venturosos».

Partimos en el mismo carruaje. Ella se arrojó en mis brazos. Desde la llegada de G*** M***, no la había oído pronunciar una palabra; pero al verse a solas conmigo, me dijo mil ternezas, atribuyéndose la causa de mi desgracia. Le aseguré que jamás me quejaría de mi suerte, mientras ella no cesara de amarme.

—No soy yo el digno de compasión –proseguí–; de ningún modo me asustan algunos meses de cárcel, y preferiré siempre el Chatelet a San Lázaro; pero por ti, alma mía, es por quien se interesa mi corazón. ¡Qué suerte la de una criatura tan encantadora…! ¡Cielos, cómo tratáis con tanto rigor a la más perfecta de vuestras obras…! ¿Por qué no nacimos entrambos con cualidades adecuadas a nuestra miseria…? Nos habéis otorgado talento, buen gusto, delicados sentimientos; ¡ay de mí, cuán tristemente los usamos, mientras gozan de los favores de la fortuna tantas almas bajas, dignas de nuestra suerte!

Estas reflexiones aumentaban mi dolor; pero nada eran en comparación con las que me inspiraba lo oscuro del porvenir. Yo temblaba por Manon. Había ya estado en el Hospital, y aunque hubiera salido dignamente de él, no se me ocultaba que ese género de reincidencias eran sumamente peligrosas. Hubiese querido comunicarle mis temores, pero temía aumentar los suyos. Temblaba por ella, sin atreverme a advertirle el peligro, y la abrazaba suspirando para confirmarla mi amor, que era casi el único sentimiento que me arriesgaba a expresar.

—Manon –le dije–, habladme con sinceridad: ¿me amaréis siempre...?

Me respondió que mis dudas eran su mayor desgracia.

—Pues bien –contesté–, ya no lo dudo, y con esta seguridad quiero desafiar a todos nuestros enemigos. Utilizaré a mi familia para salir del Chatelet, y al verme libre verteré toda mi sangre o sabré salvaros.

Llegamos a la cárcel; nos separaron. Este golpe fue menos duro, porque le había previsto. Recomendé a Manon al alcaide, dándole a entender que yo era hombre de alguna distinción y prometiéndole una recompensa considerable.

Abracé a mi amante antes de separarme de ella; la conjuré a no afligirse demasiado y a no temer nada mientras yo existiera. Yo tenía algún dinero; le di una parte de él, y con lo restante pagué adelantado al carcelero un mes de pensión. Mi dinero produjo muy buen efecto. Me destinaron un cuarto decentemente amueblado, y me aseguraron que destinaban otro igual para Manon.

Al instante me ocupé de recobrar la libertad. Claro estaba que nuestro asunto no tenía absolutamente nada de criminal, y aun suponiendo que la declaración de Marcelo probase el proyecto de nuestro robo, yo sabía perfectamente que no se castigan las meras intenciones. Decidí escribir inmediatamente a mi padre, suplicándole que viniera en persona a París. Como ya he dicho, me avergonzaba mucho menos estar en el Chatelet que en San Lázaro. Por otra parte, aun conservando todo el respeto debido a la autoridad paterna, la edad y la experiencia habían disminuido mucho mi timidez. Escribí pues, y no hubo dificultad en que mi carta saliera del Chatelet. Me habría ahorrado este trabajo a saber que mi padre debía llegar a París al día siguiente.

Había éste recibido la que le escribí ocho días antes, y decidió venir a asegurarse por sí mismo de mi mudanza, para ajustar su conducta a la sinceridad de mi enmienda. Llegó al día siguiente de mi prisión. Su primera visita fue para Tiberge, a quien yo le había rogado que dirigiera su contestación. Por él no pudo saber mi domicilio, ni mi situación actual; sólo supo mis principales aventuras desde mi fuga de San Sulpicio. Tiberge le habló muy ventajosamente de mis inclinaciones hacia el bien en nuestra última entrevista. Añadió que me creía enteramente libre de Manon, pero que le extrañaba no saber de mí durante ocho días. Mi padre no se dejó engañar; comprendió que algo escapaba a la penetración de Tiberge, en el silencio de que se dolía y desplegó tantos cuidados para descubrir mi paradero, que a los dos días de su llegada, supo que me hallaba en el Chatelet.

Antes de recibir su visita, que por cierto no esperaba tan pronto, recibí la del señor inspector de policía, o bien, hablando con propiedad, sufrí el interrogatorio. Me dirigió algunas inculpaciones; pero ni duras, ni ofensivas. Con dulzura, me dijo que compadecía mi mala conducta; que había tenido poca prudencia al procurarme un enemigo como el señor G*** M***; que a la verdad, se alegraba de notar que mi delito tenía más de imprudente y ligero que de malicioso; pero que no obstante, era la segunda vez que me hallaba bajo su jurisdicción, y se extrañaba que no me hubiera corregido, después de recibir dos o tres meses de lecciones en San Lázaro. Maravillado de habérmelas con un juez tan razonable, me expliqué con él de una manera tan respetuosa y moderada, que pareció en extremo satisfecho de mis contestaciones. Me dijo que no debía entregarme con exceso a la tristeza, y que se sentía inclinado a serme útil, gracias a mi cuna y a mi juventud. Me arriesgué a recomendarle a Manon, elogiando su dulzura y buen carácter. Me respondió, riendo, que no la había visto aún, pero que se hablaba de ella como de una persona peligrosa.

Esta palabra excitó mi ternura, de manera que le dije mil frases apasionadas en defensa de mi pobre amante, y lo que es más, no pude contener algunas lágrimas. Me mandó conducir de nuevo a mi cuarto.

—Amor, amor –exclamó aquel grave magistrado, viéndome salir–, ¿no te reconciliarás jamás con la cordura…?

Me perdía en tristes reflexiones acerca de mi conversación con el señor inspector general de policía, cuando oí abrir la puerta de mi habitación: era mi padre. Aunque dispuesto a recibirle, pues le esperaba algunos días más tarde, no dejó de causarme su visita tal impresión, que me habría precipitado en las entrañas de la tierra, si ésta se hubiera abierto a mis pies. Me dirigí a abrazarle con las mayores pruebas de confusión. Se sentó, sin que él ni yo hubiéramos aún despegado los labios.

Como yo permaneciese de pie, con la cabeza descubierta y la vista baja:

—Sentaos, caballero –me dijo gravemente–, sentaos. He descubierto, al fin, vuestro paradero, gracias al escándalo de vuestro libertinaje y de vuestras picardías. La ventaja de vuestro mérito consiste en que no puede permanecer oculto: vais a la fama por senda segura. Espero que llegaréis pronto a la Grève, y disfrutaréis la gloria de veros allí, expuesto a la admiración universal.

Yo nada contesté. Prosiguió en estos términos:

—¡Qué desgracia para un padre, la de haber amado tiernamente a un hijo, no haber perdonado nada para hacer de él un hombre honrado, y hallar, al fin, un bribón que le deshonra…! Nos consolamos de una pérdida de fortuna: el tiempo la borra y la pena se suaviza; pero, ¿qué remedio hallar contra un mal que aumenta de día en día, contra los desórdenes de un hijo libertino, que ha perdido todo sentimiento de honor…? ¡Nada me dices, desgraciado…!, ved esa fingida modestia y ese aire de hipócrita dulzura; ¿quién no le creería el hombre más honrado de su estirpe…?

Aun viéndome obligado a reconocer que merecía una parte de estos ultrajes, me pareció, con todo, que era llevarlos al exceso. Me creí con derecho a explicar, naturalmente, mi conducta.

—Os aseguro, señor –le dije–, que no finjo esta modestia en vuestra presencia; es la situación natural de un hijo bien nacido, que respeta infinitamente a su padre, y a un padre irritado, sobre todo. Tampoco pretendo pasar por el hombre más virtuoso de nuestra familia; me confieso digno de vuestros reproches; pero os suplico un poco más de bondad, y que no me tratéis como al más infame de los hombres: no merezco tan duros calificativos. Es el amor, bien lo sabéis, el que ha causado todos mis males. ¡Fatal pasión, ay de mí, cuya fuerza no conocéis...! ¿Es posible que vuestra sangre, origen de la mía, no haya experimentado jamás tales ardores...? El amor me ha hecho demasiado tierno, demasiado fiel y tal vez, demasiado complaciente, para los deseos de una amante toda ella cautivadora: tales son mis crímenes. ¿Por ventura os deshonra alguno de ellos...? Ea, padre mío –añadí con ternura–, un poco de compasión para un hijo que os ha respetado y os ha querido siempre, que no ha renunciado como creéis al honor y al deber, y que necesita mucha más compasión de la que podéis imaginar.

Al terminar estas palabras, dejé caer algunas lágrimas. Un corazón paternal es la obra maestra de la naturaleza; ella, por decirlo así, se complace en dominarlo, y mueve por sí misma todos sus resortes. Mi padre, que era además hombre de talento y buen criterio, se vio tan complacido del giro que había dado a mis excusas, que no fue dueño de ocultarme semejante cambio.

—Ven, pobre hijo mío, ven a abrazarme; me das compasión.

Me arrojé en sus brazos. Me estrechó de una manera que me hizo adivinar lo que en su corazón pasaba.

—Pero, ¿de qué medio nos valdremos –prosiguió– para sacarte de aquí...? Explícame, sin ocultarme nada, el estado de tus asuntos.

Como, después de todo, en lo principal de mi conducta nada había capaz de deshonrarme, al menos midiéndola por la de algunos jóvenes de cierta esfera, y una amante no es una infamia en estos tiempos, ni tampoco lo es alguna habilidad en atraerse la fortuna en el juego, expliqué sincera y detalladamente a mi padre la vida que había llevado. Para disminuir la afrenta, tenía gran cuidado de citar ejemplos célebres a cada falta que le confesaba.

—Vivo con una amante –le decía–, sin haber pasado por las ceremonias del matrimonio; el duque de *** tiene dos entretenidas a la faz de todo París; el señor de *** hace diez años vive con una, a quien ama con una fidelidad que jamás ha guardado a su mujer. Las dos terceras partes de los hombres de Francia hacen alarde de tenerlas. He empleado en el juego alguna supercherìa: el marqués de *** y el conde de ***, jamás han vivido de otra cosa; el príncipe de *** y el duque de *** capitanean una partida de caballeros de industria.

En cuanto a mis intenciones acerca del bolsillo de los dos G*** M***, fácilmente hubiera podido demostrar que no carecía de modelos; pero era sobrado pundonoroso para no condenarme a mí mismo, con todos aquellos de cuyo ejemplo hubiera podido valerme ¡de suerte que supliqué a mi padre perdonara esta flaqueza a las dos pasiones violentas que me habían agitado: la venganza y el amor. Me preguntó si podía darle algunas instrucciones acerca de los medios más sencillos de obtener mi libertad y capaces de evitar el escándalo. Puse en su conocimiento la bondad con que me había tratado el inspector general de policía.

—Si tropezáis con algunas dificultades –le dije–, no pueden proceder sino de los G*** M*** ¡de suerte que creo no estaría de más que os tomarais la molestia de verles.

Así me lo prometió.

No me atrevía a suplicarle que solicitara la libertad de Manon. No fue por falta de atrevimiento, sino por temor de irritarle con esta proposición, y de inspirarle alguna resolución funesta para los dos. Ignoro todavía si este temor ha causado mis mayores infortunios, impidiéndome sondear las disposiciones de mi padre, y esforzarme en inspirárselas favorables a mi desventurada amante. Quizá habría excitado una vez más su compasión, y le habría preparado contra las impresiones que con sobrada facilidad iba a recibir del viejo G*** M***. ¿Qué sé yo…? Tal vez mi enemiga suerte hubiera triunfado de todos mis esfuerzos; pero al menos, sólo a ella y a la crueldad de mis enemigos, podría hoy acusar de mi desgracia.

Al separarse de mí, fue mi padre a visitar al señor G*** M***. Le halló en compañía de su hijo, a quien el guardia del corps había, honradamente, devuelto la libertad. Jamás he ahondado en los detalles de su conversación, pero fácil me ha sido adivinarlos, por sus mortales efectos. Fueron juntos (los dos padres), en busca del inspector general de policía, de quien solicitaron dos favores: uno, hacerme salir al instante del Chatelet ¡otro, encerrar a Manon para el resto de sus días, o enviarla a América. Por aquel tiempo, comenzaban a embarcar un gran número de vagos para el Mississipi. El inspector general de policía empeñó su palabra de embarcar a Manon en el primer buque. El señor G*** M*** y mi padre vinieron en seguida a anunciarme mi libertad. El señor G*** M*** me habló cortésmente de lo pasado, y después de felicitarme por ser hijo de un padre semejante, me exhortó a aprovechar en lo sucesivo su ejemplo y sus consejos. Mi padre me ordenó que le diese satisfacciones acerca de la presunta injuria inferida a su familia, y las gracias por haber contribuido a mi libertad. Salimos juntos, sin hablar una palabra de mi amante. Tampoco en su presencia me atreví a hablar de ella a los carceleros. ¡Ay, mis tristes recomendaciones hubieran sido bien inútiles! La orden cruel estaba dada, al mismo tiempo que la de mi libertad. Aquella joven infortunada, fue conducida una hora después al Hospital, para ser incorporada a otras infelices que iban a sufrir la misma suerte. Mi padre me obligó a seguirle al lugar de su residencia en París. Eran casi las seis de la tarde, cuando hallé ocasión de burlar su vigilancia para regresar al Chatelet. Mi intento no era otro que el de hacer llegar algunos socorros a las manos de Manon y recomendarla al alcaide, pues no creía me fuese concedido el permiso de visitarla. Tampoco había aún tenido tiempo de reflexionar sobre los medios de liberarla.

Solicité hablar al alcaide. Había agradecido mi generosidad y mi dulzura; de modo que, un tanto dispuesto a servirme, me habló de la suerte de Manon como de una desgracia que sentía mucho, porque podía afligirme. No comprendí el significado de sus palabras. Hablamos algunos momentos sin entendernos. Por último, advirtió que yo necesitaba explicaciones, y me las dio tales, que ya he tenido horror de referíroslas y aún lo tengo ahora. Ningún ataque apoplético produjo efectos tan repentinos y terribles. Caí con una palpitación de corazón tan dolorosa, que me creí ya para siempre libre de la vida. Recordé aún algo de esta idea al volver en mí. Volví la vista a todas partes y sobre mí mismo, para asegurarme de si debía atribuirme aún la infortunada cualidad de ser viviente. Verdad es que no siguiendo sino el impulso natural que nos incita a evitar nuestros dolores, nada podía parecerme más dulce que la muerte, en aquel momento de desesperación y llanto. La religión misma no podía presentarme nada más insoportable, después de la vida, que las convulsiones crueles que me atormentaban. Con todo, por un milagro propio del amor, en breve recobré fuerzas bastantes para agradecer al cielo que me devolviera el conocimiento y la razón. Mi muerte no habría sido útil sino a mí mismo; Manon necesitaba de mi existencia para que la libertase y la socorriese: juré dedicarme a ella sin descanso.

El alcaide me ayudó como lo hubiera hecho el mejor de mis amigos. Agradecí en el alma sus servicios. «¡Ay de mí, le dije, con que vos compadecéis mis penas! Todos me abandonan; mi padre mismo es uno de mis más crueles perseguidores; nadie tiene piedad de mí. ¡Sólo vos, en la mansión de la crueldad y la barbarie, compadecéis al más infortunado de los hombres...!». Me aconsejó que no saliese a la calle sin rehacerme un poco del mal estado en que me veía. «Esperad, esperad, respondí, saliendo; volveré a veros antes de lo que suponéis. Preparad vuestro más negro calabozo; voy a trabajar para merecerlo». En efecto, mi primera intención era, nada menos, que deshacerme de los dos G*** M*** y del inspector general de policía, y caer luego a mano armada sobre el Hospital, con todos los que quisieran seguirme. Apenas mi mismo padre hubiera sido respetado en una venganza que tan justa me parecía, pues el alcaide no me había ocultado que él y G*** M*** eran los autores de mi desgracia. Pero cuando hube dado algunos pasos por la calle, y el aire refrescó mi cabeza, mi furor fue cediendo lentamente a sentimientos más razonables. De poca utilidad hubiera sido para Manon la muerte de mis enemigos, y me hubiera impedido, sin duda alguna, todos los medios de salvarla. Además, ¿podía yo recurrir a un cobarde asesinato...? No me faltaría otra ocasión mejor para acudir a mi venganza... Reuní todas mis fuerzas para dedicarme, primero, a la libertad de Manon, aplazando cualquier otro asunto, para después de realizar tan importante empresa. Poco era el dinero que me quedaba, y nada, sin embargo, podía hacer sin él. Sólo tres personas podían procurármelo: el señor T***, mi padre y Tiberge. Nada debía esperar de los dos últimos, y no me parecía bien cansar al otro con mis impertinencias. Pero la desesperación no suele guardar consideraciones. Me dirigí en seguida al seminario de San Sulpicio, sin preocuparme de que podían conocerme. Mandé llamar a Tiberge. Sus primeras palabras me dieron a entender que ignoraba todavía mis recientes aventuras. Esta idea cambió mi intento de enternecerle por medio de la compasión. Le hablé en general del placer que había experimentado en volver a ver a mi padre, y luego le supliqué me prestara algún dinero, bajo pretexto de pagar, antes de mi salida de París, algunas deudas que deseaba tener ocultas. Me ofreció al momento su bolsillo. Tomé quinientos francos de los seiscientos que hallé guardados en él. Le ofrecí mi firma; era demasiado generoso para aceptarla.

Después me dirigí a casa del señor T***. No tuve secretos para él. Le expuse mi desgracia y mis dolores; conocía ya hasta las menores circunstancias, por el interés con que había seguido la aventura de G*** M***. Me oyó, a pesar de ello, y me compadeció mucho. Cuando le pedí consejo para salvar a Manon, me respondió tristemente que le parecía tan difícil, que sin un milagro del cielo, era preciso renunciar a toda esperanza; que había ido exprofeso al Hospital, desde que se hallaba encerrada en él, y se le había negado el permiso de verla; que las órdenes del inspector general de policía eran de lo más severo, y para colmo de infortunio, la desgraciada cuadrilla de que estaba destinada a formar parte, debía marchar a los dos días. Me desconsolaba tanto su discurso, que hubiera podido hablar por espacio de una hora, sin que yo pensara en interrumpirle. Continuó diciendo que no había ido a verme al Chatelet, para procurarse mayor facilidad de servirme, disimulando su amistad hacia mí; que algunas horas después de haber salido yo de allí, había tenido el sentimiento de ignorar mi paradero, pues deseaba verme pronto para darme el único consejo útil a Manon. Este consejo era tan peligroso, que me suplicó que lo ocultase eternamente: consistía en elegir algunos valientes, capaces de atacar a los guardias de Manon, fuera de París. No esperó a que yo le hablara de mi indigencia:

—Ahí van cien doblones –me dijo, presentándome una bolsa–, que os podrán ser de alguna utilidad; me los devolveréis cuando la fortuna haya arreglado vuestros asuntos.

Añadió que si el peligro de perder su reputación no le hubiera impedido contribuir en persona a alcanzar la libertad de Manon, me habría ofrecido su brazo y su espada.

Tan excesiva generosidad me conmovió hasta derramar lágrimas. Para darle a entender mi gratitud, empleé todo el ardor que mi aflicción me permitía. Le pregunté si se podía esperar algo por medio de algunas recomendaciones al inspector general de policía: me dijo que había pensado en ello, mas le parecía inútil este recurso, porque una gracia de esta naturaleza no podía solicitarse sin motivo, y no veía qué motivo se podía invocar para convertir en intercesor a una persona grave y poderosa; que si algo podía intentarse en este sentido, era hacer cambiar de resolución al señor G*** M*** y a mi padre, comprometiéndoles a suplicar por sí mismos al inspector general de policía, que revocara su sentencia. Me ofreció todos sus esfuerzos para convencer al joven G*** M***, si bien le creía un poco resentido con él, por algunas sospechas concebidas acerca de la última aventura, y me exhortó a no omitir nada para doblegar la voluntad de mi padre.

Ésta no era empresa fácil para mí; no sólo por la natural dificultad de convencerle, sino por otro motivo que me hacía hasta temer sus regaños: me había escapado de su posada contra sus órdenes, y estaba resuelto a no volver a ella, desde que supe el triste destino de Manon. Temía, fundadamente, que a pesar mío me mandara detener y conducir a provincias. Mi hermano mayor había sufrido, en otro tiempo, esta suerte. Verdad es que yo ya tenía más edad, pero esta era una débil razón contra la fuerza. Con todo, hallé un medio de evitar este peligro: consistía en citarle en cualquier sitio público y anunciarme a él bajo otro nombre. Así decidí hacerlo. El señor T*** se dirigió a casa de G*** M*** y yo al Luxemburgo, desde donde mandé avisar a mi padre que le esperaba un gentilhombre de su servidumbre. La noche se acercaba y, por lo mismo, temí que se negara a acudir al punto designado. Con todo, acudió al poco rato, acompañado de su lacayo; le supliqué que tomáramos una calle en donde pudiéramos hablar a solas. Lo menos anduvimos cien pasos, sin proferir una palabra: imaginaba con razón, que tales precauciones no se tomaban sin motivo. Aguardaba mi discurso, mientras yo lo meditaba.

Al fin, despegué los labios.

—Señor –le dije, temblando–, sois un excelente padre. Me habéis colmado de favores y perdonado innumerables culpas; en cambio, pongo al cielo por testigo de que yo soy para vos el hijo más tierno y respetuoso. No obstante, me parece… que vuestro rigor.

—¿Y qué tenemos con mi rigor…? –interrumpió mi padre, a quien impacientaba mi lentitud.

—Ah, caballero –proseguí–, vuestro rigor me parece excesivo en el tratamiento que dais a la desventurada Manon. Os habéis dejado arrastrar por el señor G*** M***. Su odio os la ha pintado con los más negros colores. Habéis concebido de ella una espantosa idea. A pesar de todo, es la criatura más dulce y más amable que jamás haya existido. ¡Cómo no ha querido el cielo inspiraros la idea de verla un momento…! Estoy tan seguro de que es encantadora, como de que así os lo habría parecido. Habríais tomado entonces su defensa, detestando las negras maquinaciones de G*** M***, y tenido piedad de ella y de mí. ¡Ay de mí!, estoy seguro de ello. Vuestro corazón no es insensible, y se hubiera conmovido.

Viéndome hablar con un ardor interminable, me interrumpió de nuevo. Quiso saber adónde quería ir a parar con un discurso tan apasionado.

—A pediros la vida –respondí–; la vida que no puedo conservar un instante, si Manon es enviada a América.

—No, no –me dijo con severidad–, prefiero verte sin vida, a verte sin juicio y sin honor.

—Acabemos, pues –prorrumpí, deteniéndole por un brazo–, quitadme de una vez esta vida odiosa e insoportable: la muerte será un beneficio entre tanta desesperación, un favor digno de un padre.

—Te daría lo que mereces –replicó–. Conozco a muchos padres que no hubieran tardado tanto tiempo en ser ellos mismos tus verdugos; pero mi excesiva bondad te pierde.

Me arrojé a sus pies.

—Ah, si sois bueno todavía –le dije, abrazando sus rodillas–, no queráis ser insensible a mis lamentos. Pensad que soy vuestro hijo…, ¡ay de mí…!, acordaos de mi madre. ¡La queríais tanto…! ¿Hubierais sufrido que la arrancaran de vuestros brazos? La hubierais defendido hasta la muerte. ¿Los demás no tienen, por ventura, un corazón como vos…? ¿Se puede ser indiferente habiendo sentido una vez la ternura y el dolor…?

—No me hables más de tu madre –replicó con acento irritado–; ese recuerdo inflama mi indignación. Tus desórdenes la matarían de dolor, si hubiera vivido lo bastante para presenciarlos. Terminemos esta escena –añadió–; me molesta y no me hará cambiar de resolución. Vuelvo a casa; te mando que me sigas.

El acento breve y duro con que pronunció esta orden, me dio a entender que su corazón era inflexible. Me alejé algunos pasos, temiendo que se le antojara detenerme con sus propias manos.

—No aumentéis mi desesperación obligándome a desobedeceros –grité–. Me es imposible seguiros. La existencia me es insoportable, en vista de la crueldad con que me tratáis: ¡Adiós para siempre…! Mi muerte, de la que pronto oiréis hablar –añadí tristemente–, tal vez os arranque lágrimas de verdadero padre.

Viendo que me disponía a abandonarle:

—¡Conque te niegas a seguirme…! –exclamó con vivo enojo–; ve, corre a tu perdición. ¡Adiós, hijo ingrato y rebelde!

—Adiós –exclamé fuera de mí–, ¡adiós, padre bárbaro y desnaturalizado…!

Inmediatamente salí del Luxemburgo. Atravesé las calles como un loco, hasta la casa del señor T***. Al andar levantaba los ojos y las manos, invocando todos los poderes celestiales.

—¡Cielos! –decía–, ¿seréis tan crueles como los hombres…? Ya no espero sino vuestro socorro.

El señor T*** no había regresado aún a su casa; pero llegó algunos minutos después de esperarle. Con semblante afligido, me dijo que su negociación no había tenido mejor éxito que la mía. El joven G*** M***, si bien menos irritado que su padre contra Manon y contra mí, no quería interceder por nosotros. Se lo impedía el temor que a él mismo le causaba aquel viejo vengativo, que ya se había incomodado mucho con él, reprochándole su intento de entrar en relaciones con Manon. No me quedaba, pues, otro recurso que la violencia, tal como me la había aconsejado el señor T***; fundé en ella mis esperanzas.

—Son bien inciertas –le dije–, pero la más real y consoladora para mí, es la de perecer en el intento.

Me separé de él, suplicándole que me auxiliara con sus votos, y sólo pensé ya en procurarme camaradas a quienes poder comunicar una chispa de mi valor y decisión.

El primero que se presentó a mi imaginación, fue el mismo guardia de corps de quien me había valido para detener a G*** M***. Proyecté ir a pasar la noche en su casa, pues no había tenido durante la tarde bastante serenidad para buscar alojamiento. Le hallé solo; se alegró de verme libre del Chatelet. Me ofreció cariñosamente sus servicios; le expliqué lo que esperaba de él. Poseía bastante buen sentido para apreciar todas las dificultades de la empresa; pero fue bastante generoso para intentar desafiarlas. Empleamos una gran parte de la noche en reflexionar sobre el asunto. Me habló de tres soldados, de los cuales se había servido en la última ocasión, como de tres valientes a toda prueba. El señor T*** me había informado del número de arqueros que debían conducir a Manon; no eran sino seis. Cinco hombres audaces y resueltos bastaban para infundir espanto a aquellos miserables, incapaces de defenderse honrosamente. Como no carecía de dinero, el guardia de corps me aconsejó no economizarlo, para asegurar el éxito de nuestro ataque.

—Necesitamos –me dijo–, caballos, pistolas, y un mosquete para cada uno. Yo me encargo mañana de hacer estos preparativos. Se necesitarán también tres trajes para nuestros soldados, que no se atreverían a presentarse con el uniforme del regimiento, en un asunto de esa naturaleza.

Puse en sus manos los cien doblones recibidos del señor T***; al día siguiente fueron distribuidos hasta el último sueldo. Pasé revista a los tres soldados; les animé con grandes promesas, y para evitar toda desconfianza, empecé por regalar a cada uno diez doblones.

Llegado el día de la ejecución, muy de mañana, envié un soldado al Hospital para que, con sus propios ojos, se informase del momento en que los arqueros partirían con su presa. Aunque no tomé esta precaución sino por un exceso de inquietud y previsión, resultó luego absolutamente necesaria. Había contado con algunos falsos informes, recibidos acerca del camino que debían seguir, y persuadido de que aquella cuadrilla debía ser embarcada en la Rochela, la hubiera esperado inútilmente en el camino de Orleans. Gracias a las averiguaciones del guardia, supe que tomaba el camino de Normandía, debiendo embarcarse para América en El Havre-de-Grate. Nos dirigimos inmediatamente, cada uno por un lado, a la puerta de San Honorato, y nos reunimos en el extremo del arrabal. Nuestros caballos se hallaban descansados; no tardamos en descubrir a los seis guardias y a las dos miserables galeras que hace dos años visteis en Passy. Aquel espectáculo estuvo a punto de quitarme la fuerza y el conocimiento.

—¡Oh, fortuna –exclamé–, fortuna cruel, concédeme, al menos, la muerte o la victoria…!

Deliberamos un momento sobre la manera de atacar. Los arqueros apenas nos llevaban cuatrocientos pasos de ventaja, y podíamos atacarles, atravesando un pequeño campo rodeado por el camino real. El guardia de corps fue de esta opinión, cuyo objeto era el de sorprenderles, cayendo de improviso sobre ellos. Aprobé la idea espoleé el primero a mi caballo. Pero la fortuna había escuchado mis súplicas sin piedad. Los arqueros, viendo a cinco jinetes correr hacia ellos, no dudaron que se trataba de un ataque. Se aprestaron a la defensa, preparando sus bayonetas y sus fusiles, con aire resuelto. Esta maniobra, que no hizo sino animarnos al guardia de corps y a mí, entibió repentinamente el valor de nuestros tres cobardes compañeros: se detuvieron como un sólo hombre, y habiendo cambiado entre ellos algunas palabras que no oí, volvieron grupas a sus caballos para tomar de nuevo, a rienda suelta, el camino de París.

—¡Dios mío –me dijo el guardia de corps, a quien la infame deserción parecía afligir tanto como a mí–, qué vamos a hacer, no somos más que dos!

El furor y el asombro me impedían el uso de la palabra. Me detuve, no sabiendo si mi venganza debía empezar por el castigo de los cobardes que así me abandonaban. Les veía huir y miraba también a los arqueros; si me hubiera sido posible partirme en dos, habría caído a la vez sobre aquellos dos objetos de mi rabia. El guardia de corps, comprendiendo mi indecisión por lo extraviado de mis miradas, me suplicó que oyera su consejo.

—No siendo sino dos –me dijo–, sería una locura atacar a seis hombres, tan bien armados como nosotros, y que parecen esperarnos a pie firme. Es necesario regresar a París, y tratar de elegir mejor nuestros valientes. Los arqueros no podrán andar grandes jornadas con dos carruajes tan pesados; mañana, sin gran trabajo les alcanzaremos.

Reflexioné un momento, pero no viendo por todos lados sino motivos de desesperación, tomé una resolución verdaderamente desesperada. Agradecí a mi compañero sus ofrecimientos, y lejos de atacar a los arqueros, decidí rogarles humildemente que me admitieran en su compañía, para llegar con Manon hasta El Havre-de-Grace, y luego pasar con ella al otro lado de los mares.

—Todos me persiguen o me venden –dije al guardia de corps–; no puedo fiarme ya de nadie; nada espero ya, ni de la suerte ni de los hombres; mi desgracia ha llegado al colmo y debo someterme a ella; cierro, pues, los ojos a toda esperanza. ¡Quiera el cielo premiar vuestra generosidad…! ¡Adiós!, voy a ayudar a la adversa suerte a consumar mi ruina, corriendo voluntariamente a ella.

Inútilmente se esforzó en obligarme a regresar a París. Temeroso de que los arqueros siguiesen creyendo que pensábamos atacarles, le rogué que me permitiera continuar mi camino y se separara de mí al instante.

Me dirigí solo hacia ellos, a paso lento y con el rostro tan consternado, que mi presencia no debió infundirles la menor inquietud. Con todo, se mantenían en la defensiva.

—Tranquilizaos, caballeros –les dije al detenerles–. No vengo en son de guerra, sino de súplica.

Les pedí que prosiguieran sin desconfianza su camino, y al tiempo de andar, les manifesté los favores que esperaba de ellos. Unos a otros se consultaron de qué manera debían recibir esta confianza. El jefe del destacamento tomó la palabra en nombre de los demás. Me respondió que las órdenes de vigilar a sus prisioneras eran sumamente rigurosas; que, no obstante, yo le parecía tan simpático, que él y sus compañeros faltarían un poco a su deber; pero que ya debía comprender que esto me costaría algún dinero. Me quedaban unos quince doblones y así se lo manifesté.

—Pues bien –me dijo el arquero–, usaremos generosamente de vuestra bolsa. Sólo os costará un escudo por hora, si deseáis acercaros a la que más os guste de nuestras hermosas; es el precio corriente en París.

No les había hablado en particular de Manon, porque no entraba en mis cálculos enterarles de mis amores. Primero pensaron que sólo un capricho juvenil me impulsaba a desear algún pasatiempo en compañía de aquellas desventuradas criaturas; pero apenas advirtieron que estaba enamorado, aumentaron la tarifa de tal modo, que mi bolsa quedó agotada al salir de Nantes, en donde habíamos pernoctado el día que llegamos a Passy.

¿Debo deciros cuál sería el asunto de mis conversaciones con Manon durante aquella jornada, o qué impresión me causó el verla, cuando hube obtenido de los guardias el permiso de acercarme a su galera...? ¡Ah, las palabras nunca bastan para expresar los sentimientos del alma...! Figuraos a mi pobre amante, encadenada por la cintura, sentada sobre algunos puñados de paja, la cabeza apoyada lánguidamente en un lado de la banda del coche, el rostro pálido y bañado en un raudal de lágrimas, que se abrían paso a través de sus párpados, porque los ojos los tenía continuamente cerrados. Ni siquiera tuvo la curiosidad de abrirlos al oír los preparativos de sus guardias, cuando temieron ser atacados. Su camisa estaba sucia y descompuesta; sus manos delicadas, expuestas a la intemperie; sus gracias todas yacían en un desorden y un abatimiento indescriptibles. Permanecí algún tiempo contemplándola. Me hallaba tan fuera de mí, que varias veces estuve a punto de sufrir una caída peligrosa. Mis suspiros y mis frecuentes exclamaciones me atrajeron algunas de sus miradas. Me conoció y observé que su primer impulso fue el de precipitarse fuera del carruaje para llegar hasta mí; pero habiéndoselo impedido la cadena, cayó de nuevo en su pasada postración. Supliqué a los arqueros que mandaran parar por un momento, por caridad, y consintieron en ello por codicia. Me apeé del caballo para sentarme junto a ella. Se hallaba tan débil y afligida, que permaneció largo rato sin poder hacer uso de su lengua, ni de sus manos. Yo las bañé en mi llanto, sin poder proferir tampoco una palabra: ofrecíamos los un espectáculo tristísimo, del que jamás ha habido ejemplo. No fue más tarde menos triste nuestra conversación. Manon habló muy poco; su voz era débil y temblorosa; parecía que el dolor y la vergüenza la alteraban. Me agradeció que no la hubiera olvidado, y me dijo que le causaba gran satisfacción verme, al menos una vez más, y darme el último adiós. Cuando le hube asegurado que nada era capaz de separarme de ella, que me hallaba dispuesto a seguirla hasta el fin del mundo para cuidarla, para servirla, para amarla y enlazar indisolublemente al suyo mi miserable destino, aquella pobre joven se entregó a sentimientos tan tiernos y dolorosos, que temí no fuese peligrosa para su vida una emoción tan violenta. Toda su alma parecía asomarse a sus ojos. Tenía éstos fijos en mí. A veces, abría la boca, sin fuerzas para terminar la frase comenzada. Si algunas palabras se le escapaban, eran de admiración por mi amor, tiernas quejas de sus excesos, dudas de que hubiese tenido la fortuna de inspirarme una pasión tan perfecta, súplicas para hacerme renunciar al proyecto de seguirla e incitarme a buscar en otra parte una felicidad que ya no podía esperar de ella.

A pesar de lo cruel de mi suerte, hallaba mi felicidad en sus miradas y en la seguridad de su cariño. Verdad es que había perdido cuanto los hombres estimaban en algo; pero era dueño del corazón de Manon, de mi único bien. ¡Vivir en Europa o en América! ¿Qué me importaba si estaba seguro de vivir en todas partes al lado de mi amante…? ¿La patria de dos enamorados no es, por ventura, el universo entero? Cada uno de ellos, ¿no halla en el otro padre, madre parientes, amigos, riquezas y felicidad…?

Si algo me preocupaba, era el temor de ver a Manon careciendo de lo necesario. Ya me imaginaba con ella en una región inculta y poblada de salvajes. «Tengo la seguridad, decía, de que no los habrá tan crueles como G*** M*** y mi padre. Al menos nos permitirán vivir en paz. Si es exacto cuanto de ellos se refiere, se rigen por las leyes naturales. No conocen los arrebatos de la avaricia, que dominan a G*** M*** ni las ideas fantásticas del honor, que han hecho de mi padre mi enemigo. Dejarán tranquilos a dos amantes que van a vivir con tanta rudeza como ellos». Nada, pues, me inquietaba por este lado. Pero no me fingía ideas románticas sobre las necesidades ordinarias de la vida. Con sobrada frecuencia había experimentado que existen necesidades ineludibles, para una joven exigente, acostumbrada a una vida cómoda y holgada. Me desesperaba haber agotado inútilmente mi caudal y ver que el poco dinero que me quedaba aún, me sería arrebatado por la innoble codicia de los arqueros.

Imaginaba que con una pequeña cantidad hubiera podido esperar, no sólo sostenerme en América por algún tiempo, pues el dinero era allí escaso, sino emprender algún negocio estable y productivo. Esta consideración me impulsó a escribir a Tiberge, siempre tan dispuesto a socorrerme como el mejor de los amigos. Escribí desde la primera población en donde nos detuvimos. No le daba otro motivo que la apremiante miseria que indudablemente sufriría en El Havre-de-Grate, adonde le confesaba haber ido a acompañar a Manon. Le pedía cien doblones.

—Enviádmelos a El Havre por el Correo –le decía–. Ya veis que es la última vez que importuno a vuestra amistad, y que habiéndome arrebatado para siempre a mi desgraciada amante, no puedo dejarla partir sin algunos recursos que suavicen su suerte, y hagan menos grandes sus sinsabores.

Cuando hubieron descubierto la violencia de mi pasión, los arqueros llegaron a ser tan intratables, que a fuerza de encarecer sus más insignificantes concesiones, me redujeron en breve a la última miseria. Por otra parte, el amor no me permitía cuidar de mi bolsillo. Desde por la mañana hasta por la noche, lo olvidaba todo por Manon, y no medía el tiempo por las horas, sino por la duración total de los días. Agotada mi bolsa por completo, quedé expuesto a los brutales caprichos de seis miserables, que me trataban con una altanería insoportable. En Passy fuisteis testigo de ello. Vuestro encuentro fue un oportuno momento de reposo que la fortuna me deparó. Vuestra compasión hacia mis penas me dio a conocer la generosidad de vuestros sentimientos. El socorro que liberalmente me otorgasteis, sirvió para hacerme llegar a El Havre, y los arqueros cumplieron su promesa con más fidelidad de la que yo esperaba.

Llegamos a El Havre. Ante todo, me dirigí al Correo. Tiberge aún no había tenido tiempo de contestara mi carta. Me informé con exactitud del día en que podía recibir la suya. No podía llegar sino pasados dos días, y por una rara coincidencia de mi destino adverso, ocurrió que nuestro buque debía partir por la mañana del mismo día en que la esperaba. Es imposible describiros mi desesperación.

—¡Cómo –exclamé–, mi misma desgracia me abisma en el desorden…!

Manon me respondió:

—¿Una vida tan desesperada merece que nos afanemos por conservarla? Muramos en El Havre, adorado mío. Que la muerte corte de un golpe nuestras angustias. ¿Las arrastraremos hasta un país extraño, en donde, sin duda alguna, no debemos esperar sino catástrofes, pues se me ha querido imponer como un castigo…? Muramos –repitió–, o, al menos, dame la muerte y ve a buscar mejor fortuna, en brazos de otra amante más dichosa.

—No, no, –repliqué–, es para mí digno de envidia el infortunio en tus brazos.

Sus palabras me hicieron temblar. Juzgué que la desgracia la rendía. Me esforcé en aparentar mayor calma para desvanecer en ella esas funestas ideas de muerte y desesperación, y decidí observar igual conducta en lo sucesivo. Después he tenido ocasión de experimentar que nada es capaz de infundir valor a una mujer, como la intrepidez del hombre a quien adora.

Perdida toda esperanza de ser auxiliado por Tiberge vendí mi caballo. La cantidad que de él saqué, unida a los restos de vuestra generosidad, dio por resultado la insignificante suma de diecisiete doblones. Empleé siete de ellos en la compra de varias objetos necesarios a Manon, y guardé cuidadosamente los diez restantes, como la base de nuestra fortuna y nuestras esperanzas en América. Poco me costó hacerme recibir a bordo. Se buscaban entonces jóvenes dispuestos a partir voluntariamente a la colonia. Me concedieron gratis el pasaje y la manutención. Debiendo salir al día siguiente un correo para París, deposité en él una carta para Tiberge. Era conmovedora y capaz de enternecer al más empedernido, pues le obligó a tomar una resolución que revelaba un manantial inagotable de ternura y generosidad hacia un amigo infortunado.

Nos hicimos a la mar. El viento no dejó de sernos favorable. Logré del capitán un camarote aparte para Manon y para mí. Tuvo la bondad de distinguirnos entre nuestros miserables compañeros. Desde el primer día le había llamado aparte; para atraerme hasta cierto punto su simpatía, le referí una parte de mis infortunios. No creí hacerme culpable de una mentira vergonzosa, al decirle que Manon era mi esposa. Fingió creerme y me concedió su protección. Recibimos de ella algunas pruebas durante la travesía. Cuidó de alimentarnos decentemente, y las consideraciones que nos guardó sirvieron para hacernos respetar de nuestros compañeros de infortunio. Yo cuidaba sin cesar de que Manon no experimentara la menor molestia. A ella no le pasaba mi conducta desapercibida, y esto, unido al vivo arrepentimiento de verme por ella reducido a tan miserable condición, la hacía tan tierna y apasionada, tan atenta a mis menores necesidades, que existía entre los dos una perpetua emulación de cuidados y de amor. Ya no sentía abandonar Europa; al contrario, a medida que avanzábamos hacia América, ensanchábase más y más mi corazón, y disfrutaba de mayor tranquilidad. Si hubiese estado seguro de no carecer allí de lo necesario, habría agradecido a la fortuna el haber dado un giro tan favorable a nuestras desventuras.

Después de dos meses de navegación, abordamos la playa deseada. A primera vista, nada agradable nos ofreció el país. Campos estériles y deshabitados, en donde apenas se distinguían algunas cañas y algunos árboles deshojados por el viento. Sin embargo, el capitán mandó disparar algunos cañonazos, y no tardamos en divisar una multitud de ciudadanos de Nueva Orleans, que se acercaron a nosotros haciendo vivas demostraciones de alegría. No habíamos visto la ciudad, oculta en aquella parte por una pequeña colina. Se nos recibió como a llovidos del cielo. Aquellos infelices no se cansaban de preguntarnos por el estado de Francia y de las respectivas provincias en donde habían nacido. Nos abrazaban como hermanos y como queridos compañeros, que iban a compartir su miseria y su soledad. Tomamos en su compañía el camino de la ciudad; pero a medida que avanzábamos, nos sorprendía ver que, lo que hasta entonces se nos había elogiado como una gran población, no era sino un montón de cabañas miserables. Quinientas o seiscientas personas las habitaban. La casa del gobernador nos pareció un tanto distinguida por su altura y situación. Estaba fortificada con algunos terraplenes rodeados de un ancho foso.

Ante todo, fuimos presentados al gobernador. Conferenció largo rato en secreto con el capitán, y luego, dirigiéndose a nosotros, examinó una tras otra todas las jóvenes que acababan de desembarcar. Llegaban a treinta, porque en El Havre otra cuadrilla se había reunido a la nuestra. El gobernador, después de examinarlas minuciosamente, mandó llamar a varios jóvenes que languidecían por falta de esposa. Dio las más hermosas a los principales y el resto fue sorteado. Aún no había dirigido la palabra a Manon; pero en cuanto mandó retirarse a los demás, nos hizo quedar a solas con él.

—Por el capitán –nos dijo–, sé que estáis casados y que os ha conocido, durante la travesía, por dos personas de talento y de mérito. No trato de indagar la causa de vuestro infortunio; pero si tenéis tanto mundo como aparentáis, no perdonaré ocasión de endulzar vuestra suerte, y vosotros mismos contribuiréis a proporcionarme alguna distracción en este país salvaje y desierto.

Le contesté procurando confirmar el concepto que tenía formado de nosotros. Dio algunas órdenes para que nos prepararan alojamiento en la ciudad, y nos convidó a cenar con él. Me parecía muy cortés para jefe de infelices desterrados. No nos dirigió en público la menor pregunta acerca de nuestras aventuras. La conversación fue general, y Manon y yo nos esforzamos en hacerla agradable, a pesar de nuestra tristeza.

Por la noche, nos mandó acompañar al alojamiento que se nos había preparado. Nos hallamos en una miserable cabaña de tablas y barro, con dos o tres habitaciones a piso llano y un desván encima. Habían mandado colocar en ella media docena de sillas y algunos otros objetos necesarios. Manon pareció asustarse a la vista de tan triste mansión. Se afligía por mí mucho más que por sí misma. Cuando estuvimos a solas, se sentó y rompió a llorar amargamente. Al principio, intenté consolarla; mas apenas me hubo dado a entender que lloraba y que medía nuestras penas por la mía, fingí bastante valor y aun bastante alegría, para inspirarle ambas cosas.

—¿A qué quejarme...? –le dije–, poseo cuanto ambiciono. ¿No es cierto que me amáis...? ¿Qué otra felicidad he deseado en la vida...? Dejemos al cielo velar por nuestra fortuna. No me parece tan desesperada. El gobernador es una persona de talento; nos guarda consideraciones y no permitirá que carezcamos de lo necesario. En cuanto a lo pobre de nuestra cabaña y lo tosco de nuestros muebles, ya habréis podido observar que hay aquí pocas personas que vivan con más comodidades; luego –añadí, abrazándola–, tú eres un químico admirable: lo transformas todo en oro.

—En ese caso, seréis el hombre más rico del universo –me respondió–¡ porque si jamás existió un amor como el vuestro, es imposible también ser amado con tanta ternura como vos lo sois. Quiero hacerme justicia –continuó–: comprendo que jamás he merecido el prodigioso cariño que me profesáis. Os he causado penas que sólo vuestra increíble bondad ha podido perdonarme. He sido inconstante y ligera; y aun amándoos perdidamente, como os he amado siempre, he sido con vos una ingrata. Con todo, no podréis creer cuánto he cambiado; mis lágrimas, que con tanta frecuencia habéis visto correr desde nuestra salida de Francia, no han tenido por objeto una sola vez mis desventuras. He dejado de sentirlas desde que habéis comenzado a compartirlas conmigo. He llorado de compasión por vos. No me consolaré jamás de haberos afligido un sólo momento. No me canso de reprocharme mis inconstancias, ni de conmoverme, al admirar de cuántas cosas os ha hecho capaz el amor a una desgraciada que no era digna de inspirarlo, y que con toda su sangre –añadió, derramando amargas lágrimas–, no pagaría la mitad del mal que os ha causado.

Su llanto, sus palabras y el acento con que las pronunció, me impresionaron profundamente.

—Cuidado –le dije–, cuidado, adorada Manon; no tengo fuerzas para soportar tan sinceras pruebas de cariño; no estoy acostumbrado a esos excesos de júbilo. Dios mío –exclamé–, ya nada ambiciono. Tengo seguro el amor de Manon; es cuanta felicidad he codiciado, y ya no puedo dejar de ser dichoso.

—Lo seréis –prosiguió ella–, si vuestra felicidad depende de mí, y tampoco yo ignoro ya en dónde puedo, para siempre, hallar mi ventura.

Mis sueños de aquella noche, trocaron mi cabaña en un palacio, digno del rey más poderoso de la tierra. Después de esto, América me pareció un Edén.

—Para experimentar las verdaderas dulzuras del amor, hay que venir a Nueva Orleans –decía con frecuencia a Manon–; aquí se ama con interés, sin celos, sin inconstancia. Nuestros compatriotas vienen en busca de oro, sin imaginar que nosotros hemos hallado aquí tesoros mucho más preciados.

Cultivamos cuidadosamente la amistad del gobernador. Algunas semanas después de nuestra llegada, tuvo la bondad de darme un pequeño empleo que quedó vacante en el fuerte. A pesar de no ser un empleo del todo distinguido, lo acepté como un favor del cielo, pues me ponía en disposición de vivir sin ser gravoso a nadie. Tomé un criado para mí y una doncella para Manón. Nuestra pequeña fortuna fue prosperando; yo observaba una conducta juiciosa, y Manon no hacía menos. No perdonábamos ocasión de ser útiles y de servir a nuestros vecinos. Esta actitud oficiosa y la dulzura de nuestro trato, nos granjearon las simpatías de toda la colonia; en breve, fuimos tan considerados, que después del gobernador, pasábamos por las primeras personas de la ciudad.

Nuestras inocentes ocupaciones y la inalterable tranquilidad en que vivíamos, insensiblemente nos fueron inspirando ideas religiosas. Manon jamás había sido una joven impía; tampoco yo pertenecía al número de esos libertinos exagerados, que hacen alarde de impiedad entre la depravación de sus costumbres; sólo el amor y la juventud habían motivado nuestro desenfreno. La experiencia empezaba a dar su fruto, y en nosotros sustituyó a la edad. Nuestras conversaciones, siempre reflexivas, nos inclinaron insensiblemente al amor virtuoso. Yo propuse el primero este cambio a Manon. Conocía las aspiraciones de su alma, que eran rectas, como espontáneos sus sentimientos. Estas cualidades siempre predisponen a la virtud. Le di a entender que faltaba una cosa a nuestra felicidad:

—Consiste –le dije–, en la aprobación del cielo. Uno y otro poseemos un alma demasiado bella y un corazón demasiado perfecto, para vivir voluntariamente en el olvido del deber. Se comprende que así viviéramos en Francia, en donde tan imposible nos era dejar de amarnos, como buscar el amparo de la Ley; pero en América, en donde no dependemos sino de nosotros mismos, en donde para nada nos molestan las arbitrarias leyes del rango y de la posición social, en donde hasta nos creen esposos, ¿quién nos impide serlo en breve y ennoblecer nuestro amor con los juramentos autorizados por la religión? En cuanto a mí –continué–, nada nuevo os ofrezco al daros mi corazón y mi mano; pero me hallo dispuesto a renovar todas mis pasadas promesas al pie de los altares.

Mis palabras la alegraron mucho.

—¿Creeríais –me respondió–, que he pensado en ello mil veces desde que estamos en América...? El temor de disgustaros me ha hecho sepultar este deseo en mi corazón. No abrigo la pretensión de aspirar al honor de llamarme vuestra esposa.

—¡Ah, Manon –repliqué–, bien pronto lo seríais de un rey, si el cielo me hubiera otorgado una corona! No vacilemos ya; nada tenemos que temer; hoy mismo quiero hablar al gobernador y confesarle que hasta ahora le hemos engañado. Dejemos para los amantes vulgares –añadí–, el temor a los lazos indisolubles del matrimonio; no así los temerían, si estuviesen seguros, como nosotros, de los lazos de su amor.

Después de esta decisión, dejé a Manon frenética de júbilo.

Estoy persuadido de que ningún hombre honrado hubiera dejado de aprobar mi intento, dadas las circunstancias en que me hallaba, esto es, fatalmente amarrado a una pasión para mí invencible, y combatido por remordimientos que no podía desoír. ¿Habrá, no obstante, quien tache de injustos mis lamentos, si pretendo dolerme del rigor del cielo al rechazar un proyecto que sólo para agradarle había concebido...? ¡Ay de mí...!

¡Qué digo rechazarlo, lo ha castigado como un crimen! El cielo me había tolerado con paciencia, mientras recorría ciegamente el camino del vicio, y para cuando anhelase volver a la virtud, me tenía reservados sus más duros castigos. Temo me falten las fuerzas para terminar la narración del acontecimiento más funesto que jamás haya ocurrido.

Conforme a lo convenido con Manon, me dirigí a casa del gobernador, para suplicarle que consintiera en la realización de nuestro enlace. De buena gana me hubiera abstenido de hablarle, a él ni a nadie, de este asunto, si hubiese podido esperar que su capellán, entonces el único sacerdote de la ciudad, me hiciera este favor sin su consentimiento; pero no pudiendo esperar reducirle al silencio, había resuelto obrar francamente. El gobernador tenía un sobrino, llamado Synnelet, a quien quería entrañablemente. Era éste un hombre de treinta años de edad, valiente, pero violento y arrebatado. Era soltero. La hermosura de Manon, le había enamorado desde al día de nuestra llegada, y las innumerables ocasiones que de verla le había procurado una residencia de nueve o diez meses, habían inflamado de tal modo su pasión, que en vano procuraba acallarla. Creyendo, sin embargo, como su tío y toda la ciudad, que yo estaba casado, había dominado su amor hasta el extremo de ocultarlo. En varias ocasiones me había demostrado su amistad. Al llegar al fuerte, encontré juntos al tío y al sobrino. Ningún motivo me impulsaba a ocultar a éste mi proyecto; así que no tuve el menor inconveniente en explicarme delante de él. El gobernador me oyó con su bondad acostumbrada. Le referí una parte de mi historia, que escuchó con gusto, y al suplicarle que asistiera a la ceremonia, tuvo la generosidad de comprometerse a pagar los gastos de la fiesta. Me retiré muy satisfecho.

Pasada una hora, vi entrar al capellán en mi casa. Creí que vendría a darme algunas instrucciones sobre mi casamiento; pero después de saludarme fríamente, me manifestó en dos palabras que el señor gobernador me prohibía pensar en la boda, y que tenía otras miras sobre Manon.

—¡Otras miras sobre Manon! –exclamé, lleno de pavor–. ¿Se puede saber qué miras son ésas, señor capellán?

Me respondió que, como yo no ignoraba, el señor gobernador mandaba allí; que a él pertenecía disponer de Manon, pues había sido destinada desde Francia a la colonia; que hasta entonces no lo había hecho por creerla casada; pero que habiendo oído de mis propios labios lo contrario, juzgaba oportuno dársela al señor Synnelet, que estaba enamorado de ella. Mi impetuosidad triunfó de mi prudencia. Mandé con altanería al capellán que saliera de mi casa, jurando que ni el gobernador, ni Synnelet, ni la ciudad entera, se atreverían a tocar un cabello de mi esposa o de mi amante, como quisieran llamarla.

Al instante comuniqué a Manon el funesto mensaje que acababa de recibir. Convinimos en que Synnelet había torcido la voluntad de su tío, después de mi visita, lo cual debía ser efecto de algún intento muy premeditado. Ellos eran los más fuertes. Nos hallábamos en Nueva Orleans como en medio del mar; esto es, separados del resto del mundo por espacios inmensos. ¿A dónde huir en un país desconocido, desierto, o habitado por bestias feroces y por salvajes tan bárbaros como ellas...? Yo era considerado en la ciudad; pero no podía esperar sublevar al pueblo en mi favor, lo bastante, para hallar en él un apoyo proporcionado al daño; además, se hubiese necesitado dinero y yo era pobre. Por otra parte, el éxito de una sublevación popular era inseguro, y en caso desgraciado, nuestra desventura no tendría remedio. Revolvía todos estos pensamientos en mi cerebro y comunicaba algunos a Manon; concebía otros nuevos, tomaba una resolución y la abandonaba por otra; hablaba solo, contestaba en voz alta a mis propios pensamientos, sufría, en fin, una agitación extraordinaria. Manon tenía los ojos fijos en mí; por mi alteración juzgaba de la magnitud del peligro, y temblaba por mí más que por sí misma; aquella tierna criatura ni aun se atrevía a despegar los labios para manifestarme sus temores. Después de infinitas reflexiones, resolví correr en busca del gobernador, para esforzarme en conmoverle, por medio de consideraciones de honor, y el recuerdo de mi respeto y su cariño. Manon quiso oponerse a mi salida; me decía, con las lágrimas en los ojos:

—Corréis a la muerte: van a mataros; ya no volveré a veros; quiero morir antes que vos.

Necesité grandes esfuerzas para persuadirla de la necesidad en que me hallaba de salir, y la de que ella permaneciese en casa. Le prometí que muy pronto volvería a verme. Ella ignoraba, y yo también, que sobre su propia cabeza iba a caer toda la cólera del cielo y la rabia de nuestros enemigos.

Me dirigí al fuerte: el gobernador se hallaba en él con su capellán. Con objeto de conmoverle, descendí a humillaciones que me hubieran hecho perecer de vergüenza, si se hubiese tratado de otro asunto. Usé de todos los argumentos capaces de impresionar a un corazón que no fuese el de un tigre feroz y cruel. Aquel bárbaro contestó a mis lamentos con dos razones que repitió cien veces. Manon dependía de él y se la había prometido a su sobrino. Yo estaba resuelto a contenerme hasta el último punto; me contenté con decir que le creía demasiado amigo mío para desear mi muerte, en la cual consentiría antes que en perder a mi amante.

Salí persuadido de que nada tenía que esperar de aquel anciano testarudo, que mil veces se hubiera condenado por complacer a su sobrino. Persistí, sin embargo, en mi proyecto de conservar hasta el fin la mayor prudencia, pero estaba resuelto, si se cometía este exceso de injusticia, a ofrecer a América entera uno de los más sangrientos y horribles espectáculos a que jamás el amor ha dado lugar. Regresaba a mi casa con estas ideas, cuando la suerte, anhelante de precipitar mi ruina, me hizo encontrar a Synnelet. Leyó en mis ojos algunos de mis pensamientos. Ya he dicho que era valiente; se dirigió a mi encuentro.

—¿No me buscáis…? –me dijo–. Reconozco que os ofenden mis intentos, y he previsto que sería necesario rompernos la crisma: veamos quién es el más afortunado.

Le contesté que tenía muchísima razón, y que sólo mi muerte podía terminar nuestras disensiones. Nos alejamos un centenar de pasos fuera de la ciudad. Nuestras espadas se cruzaron; le herí y le desarmé casi al mismo tiempo. Esta desgracia le irritó tanto, que se negó a pedirme la vida y renunciar a Manon. Tal vez yo tenía derecho a quitarle las dos de un golpe; pero jamás se desmiente a sí misma una estirpe generosa. Le arrojé su espada.

—Comencemos de nuevo –le dije–, y no olvidéis que no hay cuartel.

Me acometió con ímpetu indescriptible. Debo confesar mi falta de destreza en el manejo de las armas; no había aprendido más que tres meses de esgrima en París. El amor guiaba mi espada. Synnelet me atravesó el brazo de parte a parte; pero, al mismo tiempo, le dirigí una estocada tan vigorosa, que cayó a mis pies.

A pesar de la satisfacción que tras un combate mortal causa la victoria, al instante reflexioné sobre las consecuencias de esta muerte. No había perdón ni demora para mi sacrificio. Conociendo, como conocía, el cariño del gobernador por su sobrino, tenía la seguridad de que mi muerte no tardaría en seguir a la de Synnelet. Por apremiante que fuese este temor, no era mi mayor inquietud; Manon, mi interés por Manon, su peligro y el temor de perderla, me turbaban hasta el extremo de cegar mis ojos e impedirme conocer el sitio en que me hallaba. Envidiaba la suerte de Synnelet: una muerte repentina me parecía el único remedio a tantos males. Con todo, este mismo pensamiento me hizo volver en mí y me dispuso a tomar un acuerdo.

—¡Cómo –exclamé–, quiero morir para terminar mis males…! ¿Existen, pues, males mayores que el de perder a la que amo…? ¡Ah!, apuremos el cáliz para socorrer a mi amante, y muramos después de apurarlo inútilmente.

Tomé nuevamente el camino de la ciudad; entré en mi casa; encontré a Manon llena de inquietud y sobresalto; mi presencia la reanimó. No podía ocultarle el reciente y terrible suceso. Al oír el relato de la muerte de Synnelet y de mi herida, cayó en mis brazos sin sentido; tardé más de un cuarto de hora en volverla a la vida.

Yo mismo estaba medio desmayado; no vislumbraba el menor rayo de luz para su seguridad y la mía.

—Manon, ¿qué vamos a hacer…? –le dije, apenas hubo recobrado algunas fuerzas–. ¡Ay de mí! ¿Qué va a ser de nosotros? Necesito huir.

¿Queréis permanecer en la ciudad…? Sí, permaneced en ella: todavía podéis ser dichosa; en cuanto a mí, voy a buscar la muerte, lejos de vos, entre los salvajes o entre las garras de las fieras.

Se levantó, a pesar de su debilidad; me asió de la mano para conducirme hasta la puerta.

—Huyamos juntos –contestó. No perdamos un instante. El cadáver de Synnelet puede haber sido encontrado por casualidad, y no tendríamos tiempo de alejarnos.

—Pero, querida Manon –proseguí, desatinado– decidme adónde podemos dirigirnos. ¿Se os ocurre algún remedio…? ¿No es preferible que procuréis vivir aquí sin mí, y que yo lleve voluntariamente mi cabeza al gobernador…?

Esta proposición no hizo sino aumentar su ardor por la fuga; fue preciso seguirla. Antes de salir, tuve bastante serenidad para tomar algunos licores fuertes que guardaba en mi aposento, y cuantas provisiones pude colocar en mis bolsillos. Dijimos a los criados, que se hallaban en la antesala, que íbamos a dar un paseo, y nos alejamos de la ciudad, con más rapidez de la que la delicadeza de Manon parecía permitir.

Aunque indeciso acerca del lugar a donde debíamos dirigirnos, no me abandonaban dos esperanzas, sin las cuales hubiera preferido la muerte a la incertidumbre de lo que pudiese ocurrir a Manon. Con los diez meses de residencia en América, había adquirido bastante conocimiento del país, para no ignorar de qué modo se domesticaba a los salvajes. Uno podía entregarse a ellos, sin correr el menor peligro. Hasta había aprendido algunas palabras de su lenguaje y algunas de sus costumbres, en las varias ocasiones en que los había visto. A este triste recurso, debía añadir otro referente a los ingleses, que como nosotros, poseen establecimientos en aquella región del Nuevo Mundo. Pero me asustaba la distancia; para llegar a sus colonias, teníamos que atravesar campos estériles de varias leguas de extensión, y algunas montañas, tan altas y tan escarpadas, que el paso era difícil a los hombres más rudos y vigorosos. Con todo, me lisonjeaba la idea de sacar partido de estos dos recursos: de los salvajes para guiarnos, y de los ingleses para recibirnos en sus territorios.

Anduvimos tanto tiempo como lo permitió el valor de Manon; esto es, unas dos leguas, porque esta amante sin igual se negó a detenerse antes. Abrumada, al fin, por el cansancio, me confesó que le era imposible dar un paso más. Era ya de noche; nos sentamos en medio de una vasta llanura sin haber conseguido alcanzar un árbol que nos cobijara. Su primer cuidado fue cambiar el vendaje de mi herida, que con sus propias manos había curado antes de partir. En vano intenté oponerme a su voluntad: habría acabado por disgustarla si le hubiese negado la satisfacción de creerme más aliviado y fuera de peligro. Por algunos instantes, me sometí a sus deseos y recibí sus cuidados en silencio. Pero apenas hubo satisfecho su ternura, ¡con qué ardor no desplegué la mía...! Me despojé de todos mis vestidos y los extendí debajo de su cuerpo, con objeto de que hallara el suelo menos duro. Calenté sus manos con mis ardientes besos y pasé toda la noche velando por ella y rogando al cielo porque le concediera un sueño dulce y reposado. ¡Dios mío, cuán ardientes y sinceras eran mis plegarias! ¡Y con qué rigor habíais resuelto desoírlas...!

Perdonad si termino en breves palabras una narración que me asesina. Os refiero una desventura sin ejemplo, y toda mi vida será poca para llorarla; pero aunque la llevo sin cesar en la memoria, mi alma parece retroceder de horror, cada vez que intento referirla.

Habíamos pasado tranquilamente parte de la noche. Creía dormida a mi amante, y temeroso de turbar su sueño, no me atrevía a respirar. Al rayar el día, toqué sus manos y noté que estaban frías y temblorosas; las aproximé a mi seno para calentarlas. Ella notó este movimiento, y haciendo un esfuerzo para apoderarse de las mías, me dijo con voz débil que creía llegada su última hora. Al principio, consideré estas palabras como el lenguaje ordinario en medio del infortunio, y sólo contesté a ellas con los tiernos consuelos del amor. Pero sus suspiros frecuentes, el silencio con que contestaba a mis preguntas, sus manos apretadas, entre las cuales continuaba estrechando las mías, me dieron a entender que se aproximaba la última de sus desgracias. No exijáis de mí que os describa mi estupor, ni que os repita sus últimas palabras. La perdí para siempre; recibí pruebas de amor en sus últimos momentos de agonía: es cuanto tengo fuerzas para deciros de aquel fatal y deplorable acontecimiento.

Mi alma no voló en pos de la suya. Sin duda, el cielo, no creyéndome bastante rigurosamente castigado, ha querido que arrastre luego una existencia lánguida y miserable. Renunció voluntariamente a sus venturas.

Permanecí más de veinticuatro horas con los labios pegados al rostro y a las manos de mi idolatrada Manon. Mi intento era morir allí; pero al comenzar el segundo día, reflexioné que después de mi muerte, su cuerpo quedaría expuesto a la voracidad de las fieras. Decidí enterrarla y esperar mi fin sobre su tumba. Por el desfallecimiento que el ayuno y el dolor me habían producido, veía ya tan cercana mi última hora, que tuve necesidad de hacer grandes esfuerzos para tenerme en pie. Me vi obligado a recurrir a los licores que había llevado conmigo; ellos me devolvieron la fuerza necesaria para el triste fin que iba a ejecutar. No era difícil abrir el hoyo en el sitio en que me hallaba; era un campo cubierto de arena. Rompí mi espada, con objeto de servirme de ella para cavar, pero me ofreció menos recursos que mis manos. Abrí una ancha huesa; coloqué en ella al ídolo de mi corazón, cuidando de envolverla con todos mis vestidos, para impedir que la arena la tocara. No la coloqué así, sin haberla antes besado mil veces con todo el entusiasmo del amor. Me senté a su lado todavía; la contemplé largo rato; no podía decidirme a cerrar su sepultura. Comenzaron ya a debilitarse tanto mis fuerzas, que temiendo carecer de ellas antes de terminar mi obra, sepulté para siempre en el seno de la tierra, cuanto de más perfecto y hermoso había sustentado. En seguida me eché sobre la sepultura, de bruces en la arena, y cerrando los ojos con intención de no volver a abrirlos, invoqué el auxilio del cielo y aguardé la muerte con impaciencia. Lo que difícilmente creeréis, es que durante la realización de tan lúgubre tarea, no brotó una lágrima de mis ojos, ni un suspiro de mi pecho. La profunda consternación que me dominaba y el designio premeditado de morir, habían cortado el paso a todas las manifestaciones del dolor y la desesperación. Así es que, colocado en tal postura sobre la huesa, no tardé en perder del todo el conocimiento.

Después de cuanto acabáis de oír, la conclusión de mi historia es de importancia tan escasa, que ni merece que os toméis la molestia de escucharla. Después que fue trasladado a la ciudad el cuerpo de Synnelet, y cuidadosamente examinadas sus heridas, no sólo resultó estar vivo, sino que no había recibido ninguna herida grave. Refirió a su tío lo ocurrido entre los dos, y su generosidad le impulsó al instante a publicar los efectos de la mía. Se me mandó buscar, y mi ausencia y la de Manon, hicieron sospechar nuestra fuga. Era demasiado tarde para seguirme la pista; pero el día siguiente y el otro fueron empleados en perseguirme. Me hallaron sin señales de vida, sobre la sepultura de Manon; y viéndome casi desnudo y ensangrentado de resultas de mi herida, creyeron que me habían robado y asesinado: me trasladaron a la ciudad. Con el movimiento del traslado, fui recuperando el sentido; los suspiros que exhalaba, abriendo los ojos y lamentándome de hallarme entre seres vivos, revelaron que aún podía ser socorrido; desgraciadamente, lo fui. No dejaron de encerrarme en un estrecho calabozo. Se instruyó mi proceso, y no apareciendo Manon, me acusaron de haberme deshecho de ella, en un momento de rabia y de celos. Referí, tal como había ocurrido, mi desgraciada aventura. Synnelet, a pesar del profundo dolor que le causó mi narración, tuvo la generosidad de solicitar mi indulto. Le fue concedido. Me sentía tan postrado, que hubo necesidad de sacarme del calabozo en mi misma cama, en la cual permanecí tres meses sufriendo una violenta enfermedad. Continuaba odiando la vida; sin cesar invocaba la muerte y me obstinaba en rehusar todo remedio. Pero el cielo, después de castigarme con tal rigor, había decretado utilizar en mi favor mis desgracias y sus castigos: me iluminó con sus rayos, que trajeron a mi memoria ideas dignas de mi educación y mi rango. Así que mi alma recobró alguna tranquilidad, no se hizo esperar mi enmienda. Me entregué por completo a las inspiraciones del honor y continué desempeñando mi empleo, mientras esperaba a los buques de Francia, que van una vez al año a aquella región americana. Estaba resuelto a regresar a mi patria, para reparar en ella, con una vida juiciosa y arreglada, los escándalos de mi conducta de otro tiempo. Synnelet había cuidado de dar a los restos de mi amante decorosa sepultura.

Unas seis semanas después de mi restablecimiento, vi un día, en que me paseaba solo por la playa, arribar un buque al que asuntos comerciales conducían a Nueva Orleans. Miraba atentamente desembarcar a la tripulación. Figuraos mi sorpresa al conocer a Tiberge, entre los que se dirigían a la ciudad. Este fiel amigo me conoció desde lejos, a pesar de las alteraciones que el dolor había obrado en mi semblante. Me manifestó que el único motivo de su viaje, era el deseo de verme y decidirme a regresar a Francia; que había recibido mi carta escrita en El Havre y se había dirigido allí personalmente para entregarme cuanto le pedía; que había experimentado el más profundo dolor al saber mi partida, y que al instante hubiera partido en pos de mí, si hubiese hallado una embarcación dispuesta a hacerse a la vela; que la había buscado en varios puertos durante algunos meses, y finalmente, que habiendo hallado en Saint-Malo, una que levaba anclas para la Martinica, se había embarcado en ella, con la esperanza de procurarse allí fácil pasaje para Nueva Orleans; este buque había sido apresado en la travesía por unos corsarios españoles, y conducido a una isla. Tiberge tuvo la habilidad de escaparse; y después de varios viajes, aprovechó la ocasión del buque que acababa de arribar, para trasladarse a mi lado felizmente.

Yo no sabía cómo manifestar mi gratitud a un amigo tan generoso y tan constante. Le llevé a mi casa; le hice dueño absoluto de cuanto poseía. Le referí cuanto me había acontecido desde mi salida de Francia; y con objeto de causarle una alegría inesperada, le declaré que las semillas de virtud por él sembradas anteriormente en mi alma, comenzaban a producir frutos que iban a merecer su aprobación. Me aseguró que tan dulce confianza le desquitaba de todas las fatigas del viaje.

Hemos permanecido juntos dos meses en Nueva Orleans, esperando la llegada de buques franceses; al fin, un día pudimos hacernos a la mar. Hace quince días desembarcamos en El Havre-de-Grate.

Escribí mi llegada a mi familia. Por la contestación de mi hermano mayor he sabido la triste nueva de la muerte de mi padre, a la cual temo, y con razón, que mis extravíos habrán contribuido. Con viento favorable para Calais, me he embarcado al instante, con objeto de trasladarme a algunas leguas de esta ciudad, a casa de un gentilhombre de mis padres, en donde mi hermano me escribe que espera mi llegada.

ÍNDICE